CRU

NEFERTARI BÉLIZAIRE

Cru

roman

LEMÉAC

Ouvrage édité sous la direction
de Jean Barbe

Leméac Éditeur reconnaît l'aide financière du gouvernement du Canada par l'entremise du Fonds du livre du Canada pour ses activités d'édition et remercie le Conseil des arts du Canada, la Société de développement des entreprises culturelles du Québec (SODEC) et le Programme de crédit d'impôt pour l'édition de livres du Québec (Gestion SODEC) du soutien accordé à son programme de publication.

ISBN 978-2-7609-3391-0

Imprimé au Canada

Il pleut.
J'ai terminé.
Cela n'a pas été facile.
Non, il n'y a rien de facile à écrire une histoire pareille.
Et j'en fais quoi maintenant?
Pour me libérer complètement?
Je veux ce qu'il y a de pire.
De plus douloureux pour les sévices que tu m'as fait subir.
Me loger dans ta conscience.
Retrouver mon innocence.
Je sais ce que je vais faire.
Je vais partir dans les airs et je vais prendre l'avion.

J'ai mis du temps à l'écrire, ce texte.
Te le remettre, tout simplement.
Que tes yeux parcourent les lignes.
Et que ton cœur chavire.
Car c'est par le cœur que vient la souffrance.

Je m'assois du côté du hublot, pour voir le ciel et la terre à vol d'oiseau.
Le vol ne durera pas longtemps, quelques heures seulement.
Assez pour établir mon plan de match.
Assez pour planifier mon attaque.
Bien penser à ma stratégie.
M'arranger pour bouleverser ta vie.

J'arrive à destination.
La chaleur de Païs est accablante.
On vient me chercher à l'aéroport.
Après les effusions, les efforts.
Rester calme, ne pas montrer mon angoisse.
Paraître légère, au-dessus de mes affaires.
Le soir, le souper.
Les nouvelles, les plaisanteries, le rire forcé.
Y'a un malaise, très certainement.
Cela fait longtemps que je n'ai vu mes parents.
Mine de rien, je demande de tes nouvelles.
Où tu travailles, tes amours, tes affaires.
On se montre discret, pas de détails, pas d'intérêt.
Que suis-je venue faire me demandent-ils.
Régler mes comptes que je réponds.
Presque cinquante ans, et toute cette vie derrière.

Affaiblie par tant de misères.
Vulnérable.

Je sors de table, je salue la maisonnée et monte me coucher.
Arrivée dans ma chambre, je respire plus légèrement.
Je n'ai que quelques jours à attendre.

Les jours suivants, il ne se passe pas grand-chose.
Je respire l'air du pays, je sors, je marche un peu, sans direction.
C'est un pays chaleureux, les gens, les sons, les odeurs après la pluie.
Tout cela est beau mais le temps se fait pressant.
Et puis me vient une idée.
Aller voir une cousine oubliée.
Je sais que vous êtes proches, elle et toi.
Je sais qu'elle te racontera tout sur moi.

Mes pas me dirigent vers sa maison.
Avec force détours, je demande où tu habites.
J'ai l'intention de te traquer, de te poursuivre, de t'écraser.
Ton adresse en main, je rebrousse chemin.
Je dois me dépêcher à agir car je dois bientôt repartir.

Le lendemain, je me pointe à l'adresse indiquée.

J'arrive, je sonne, les volets sont tirés.

Il n'y a personne à la maison me dit gentiment un passant.

Je repars bredouille, déçue, troublée.

Il ne me reste qu'une journée dans ce voyage improvisé.

Je dois te trouver.

La tension monte, je suis énervée.

De rage, je raconte à mes parents mon but et mes intentions.

Mais où travaille-t-il que je crie, pleine de douleur.

Un silence, un temps, une éternité.

Du bout des lèvres, on me dit que tu enseignes.

Demain lundi, jour de la rentrée, je vais te coincer.

Tôt levée, le dernier jour, je suis dans tous mes états.

Je reprends l'avion dans l'après-midi, je dois en finir avec toi.

Fermement, je demande qu'on me conduise sur les lieux de ton travail.

Dix heures du matin, on prend le chemin.

La ville est belle, lumineuse, luxuriante.

Mon anxiété est à son comble.

J'ai mon texte en main, enveloppé dans un papier rose bonbon.

Dans ces couleurs de petite fille.

Assassin.

Je vais te tuer, ce ne sera pas long.

Arrivée à bon port, je mets pied à terre et sors de voiture.

Je me dirige vers la réception, mon pas se fait pressant.

La jeune femme à l'accueil m'indique le chemin de ta classe, Tonton.

Les fleurs, les plantes, c'est magnifique.

Je suis les indications, passe devant plusieurs classes bondées.

Je ralentis le pas, j'arrive près de la tienne.

Les volets sont ouverts, je te vois assis sur ta chaire.

Mon cœur se met à battre plus rapidement.

Je te tiens maintenant.

Je m'arrête devant la porte ouverte.

Tu ne m'aperçois pas encore.

Je fais quelques pas à l'intérieur et tu me vois.

Dans ton regard, l'incompréhension.

En moi, jubilation.

J'interromps ton envolée en te demandant un moment en privé.

La classe est silencieuse.

Tu te lèves et te diriges vers moi.

Dans la soixantaine avancée, grand, mince, civilisé.

Pédophile, tu me fais chier.

Nous nous éloignons un peu.

Tu sues à grosses gouttes maintenant et tu sors ton éternel mouchoir blanc.

Je ne te dis que quelques mots, doucement, te remettant le texte.

Mes couleurs de petite fille, deux ans et demi.

Tu n'en peux plus et je le sens.

Toujours aussi doucement, je te tire ma révérence et rebrousse chemin.

Je te laisse en plan, je peux reprendre l'avion.

Permets-moi maintenant d'imaginer la suite pour toi, Stepan.

Comment tu es retourné dans ta classe, le texte enveloppé dans tes mains.

Comment tu as continué à suer, cherchant à te redonner une contenance.

Ta gueule de saint.

Comment, dans ta pensée, tout allait très vite.

Comment il te fallait reprendre ton boulot de professeur.

Mais tu es passé au travers, grand acteur.

Laisse-moi imaginer comment tu es retourné chez toi ce soir-là.
Cette maison aux volets tirés, ta femme et ta fille t'attendant sagement.
Comment tu as dû cacher ce texte enveloppé rose bonbon.
Et surtout ta pensée, Stepan, tes pensées, ta conscience.
Car c'est là que je vais t'attaquer, Stepan.
C'est là que je vais te tuer.
Tu ne pourras pas m'échapper.
Je reviens te hanter.
Pour de bon.

Les jours suivants, tu fais comme si de rien n'était, attendant le bon moment.
T'isoler et lire le texte enveloppé rose bonbon.
Tu dors mal, tu sues, ton humeur est massacrante.

Tu planifies ton samedi et ton dimanche dans ta maison de bord de mer,
prétextant tes corrections de professeur.
Menteur.
Tu fais la route en trombe.
Tu arrives, ouvres la maison, t'installes à l'extérieur.
Tes mains tremblent un peu quand tu défais le paquet.
Canaille.

Tu es bien dans tes retranchements.

Mais pas pour longtemps.

Enfin tu te mets à lire.

Et, pour ma plus grande joie, à mourir.

Stepan, tu viens dans ma chambre le soir, le jour, n'importe quand. Tu entres et sors à ta guise. Tu ne t'en souviens pas, Stepan? Oui, non, peut-être?

Maman n'en sait rien puisqu'elle est sûrement quelque part aux États-Unis, et papa, coopérant de l'ONU, en mission en Afrique probablement.

Grand-mère, ta mère, s'occupe de ses affaires. Le personnel, la gestion de la maison, sa fille à l'étranger, ses amies, son fils bien-aimé, sa solitude de femme, l'instabilité du pays, le flirt, sa renommée, son image, le voisinage, les enfants des autres… Dans ses innombrables activités, il y a une petite place pour moi. Sa petite-fille chérie. Oh, comme elle m'aime! Quand elle est là, quand j'ai des signes tangibles de son affection. Une caresse et je me colle sur elle. Je ne la lâche pas. Comme je l'aime! Elle est le centre de mon univers. Je la trouvais belle, charmante, enjouée, séduisante. C'est mon idole à moi. Non, mes parents ne sont pas là. Tous deux perdus dans les nombreuses sphères de leur vie. Dans leurs problèmes. Dans leurs joies. Dans leurs luttes. Moi, je n'ai que grand-mère au monde. Grand-mère, c'est comme ma maman. C'est normal. Je n'ai que deux ans et demi et je suis une petite poupée toute charmante.

Viens, viens jouer avec Parrain Stepan.
J'ai une petite robe bleu pâle, des rubans dans les cheveux. J'ai joué toute la journée avec les papillons sur la galerie. Avec de l'eau. Avec le personnel. Je les ai emmerdés toute la journée en leur posant mille questions. Je ne les écoute pas, je suis la princesse de la maison et voilà mon royaume. Mais oui, c'est normal. J'ai deux ans et demi et je ne connais rien au monde extérieur. J'ai deux ans et demi et je m'ouvre à peine à l'univers qui m'entoure. Je pose des questions. Je suis curieuse. Je veux comprendre.

Tu es là. Tu es comme mon papa. Tu me prends dans tes bras, m'envoies en l'air, me fais tourner et virevolter, me fais rire, me chatouilles, me fais danser. C'est la joie quand toi et Matina, grand-mère, vous êtes tous les deux dans l'atmosphère de la fête. Matina est tellement heureuse, elle oublie ses propres misères et se laisse bercer par le bonheur.

Pourtant.

Tu entres dans ma chambre un soir. Matina n'est pas là. Tout le monde est couché, le personnel, le jardinier. C'est une nuit chaude. Tu es sorti pendant la journée. Des amis sont venus te chercher. Je dors comme un bébé, dans mon petit lit. Tu te penches sur moi. Tu commences à me caresser. J'ouvre les yeux. Je suis endormie mais je n'ai aucune crainte. C'est toi, mon Parrain Stepan adoré. Je ne porte qu'une petite culotte. Tu te mets à caresser ma poitrine nue. Cela me fait du bien. Cela me détend. Tu t'arrêtes sur mes petits seins. Tu sues à grosses gouttes et tes yeux sont rouges. Tes yeux rouges ont un éclat particulier. Tu me regardes sans parler. Tu respires, tu soupires. Tu mets ton doigt devant ta bouche pour me dire de ne pas parler. Et tu continues. Tu enlèves ma petite culotte et tu poursuis tes caresses. Mes petites jambes, et cette petite fente toute douce toute chaude tout humide. Ah, tu passes et repasses ton doigt dans cette fente, tu es très doux. Et la douceur de mon sexe t'émeut. Ah, cela vient te chercher, droit au cœur, comme une douleur. Et tu sens ton sexe se gonfler de plaisir. Tendu au maximum. Une jouissance qu'aucune femme ne t'a jamais donnée auparavant. Aucun de tes flirts à la con. C'est l'apothéose, un moment d'orgasme sans fin. Et tu continues de glisser ton doigt dans ma petite fente toute douce, oh douceur, tout humide, oh moiteur.

Insoutenable.

Non, non, Stepan, il serait préférable que tu ne te lèves pas. N'essaie pas de fuir. Je n'en ai pas fini avec toi.

Tu détaches ton ceinturon, tu descends ton pantalon. D'une main, tu as pris cette chose que je vois pour la première fois. Je t'avais bien vu sortir de la douche et te promener nu dans la maison, mais je n'avais jamais fait attention à cette extension, à cette chose. Cette chose devant moi dressée dans la pénombre de la chambre.

Tu me caresses d'une main et tu te masturbes de l'autre. Je la vois ta main gauche monter et descendre dans un mouvement régulier et lent.

Tu respires plus bruyamment et plus rapidement.

Tu me sors de mon lit en me prenant sous les aisselles. Je ne comprends pas trop ce qui se passe. Bien sûr, c'est normal. Je suis une petite fille de deux ans et demi que tu éveilles sexuellement.

Je ressens des choses étranges, que je n'ai jamais senties auparavant : mon sexe. Pas juste cette chose pour faire pipi. Il y a autre chose aussi, et Parrain Stepan est en train de me le faire découvrir.

Tu t'assois, avec moi dans tes bras, sur le lit vide de grand-mère. Ton pantalon est baissé. J'ai maintenant ta chose entre les jambes. Je suis attirée par ce nouvel objet, ton membre. Ma petite menotte le prend. C'est chaud, c'est vivant. C'est chaud et dur.

C'est quoi que je te demande.

Le gros doigt de mon pipi que tu me réponds.

Tu sues encore plus, tu respires difficilement, tu retiens ta respiration. C'est un moment d'extrême tension. Tu n'as jamais ressenti ça, hein Tonton. C'est le paroxysme de l'excitation. Les portes du paradis s'ouvrent devant toi. D'une voix rauque tu me dis de toucher encore.

Et je touche. C'est normal, je suis une petite fille de deux ans et demi qui découvre un nouveau jouet. Je touche alors. Maintenant j'ai mes deux petites menottes sur ton membre. Ça glisse, mais bientôt ça devient collant et gluant. En plus, il y a une odeur qui s'en dégage. C'est la première fois que je sens cette odeur. Non, je n'aime pas trop. Non, je ne veux plus jouer. Je veux aller dormir. Je veux aller me coucher. Je veux retourner dans mon lit. Non, je veux faire dodo.

Mais il n'y a plus personne pour m'entendre.

Il n'y a plus rien.

Je suis toute seule.

Parrain Stepan ne m'entend pas.

Tu me soulèves et plonges ta tête dans mon sexe. Je suis dans les airs, et ton visage est à la hauteur de mon sexe. Tu approches ta tête. Et je sens ta langue. C'est chaud. Tu as ton visage dans mon vagin. Et tu me manges. Toute ta bouche enveloppe mon sexe. Tu me dévores, et je sens que je suis envahie par des sensations étranges.

Qu'est-ce que tu fais que je te demande.

Tu ne réponds plus, et j'ai oublié. Je suis ailleurs. Cette bouche chaude et douce sur mon sexe. Cette bouche qui fouille mon sexe, qui monte et descend sur ma fente, qui suce mes petites lèvres l'une après l'autre ou les deux ensemble. Je suis impuissante, complètement submergée. Je ne suis plus dans une chambre, je suis ailleurs. Tu es maintenant frénétique. Maintenant tu me lèches sans retenue, tu deviens complètement animal et je suis entièrement à ta merci. Et il ne me vient pas à l'esprit de me débattre. C'est normal puisque je n'ai que deux ans et demi.

Une petite poupée en exil.

Tu vas trop loin, Stepan.

Je ne mérite pas cela.

Je suis toujours dans les airs. Tu me tiens à bout de bras. Tu quittes mon sexe pour te concentrer sur mon derrière. Deux petites fesses, toutes tendres, tout enfantines. Et là tu lèches encore plus frénétiquement. Ta langue est partout. Tu me lèches et tu me lèches encore. Oh, comme c'est bon pour toi. Tu me retournes et reviens vers ma fente. Tu ne sens plus tes bras. Ce n'est pas grave, je ne suis pas très lourde. C'est bon pour tes muscles. De toute façon tout ton corps est tendu. Mais c'est par là que je fais caca. On ne fait pas juste caca par son derrière. Il y a aussi du plaisir pour toi.

Au bout d'une éternité, tu me poses sur toi. Tu prends ce que l'on nomme pénis d'une main et tu le frottes délicatement sur ma fente. Et tu te mets à le pousser dans ce que l'on nomme vagin, cette fente. Tu es à la recherche de quelque chose. Moi aussi, je cherche quelque chose. Je cherche la délivrance. Trop de tensions dans mon corps, dans ma tête, dans mon cœur. C'est normal, c'est beaucoup d'excitation pour un jeune corps de deux ans et demi. Comment libérer cette tension effroyable que je sens.

Moi aussi, je cherche la libération. Ta main guide ton pénis à la recherche de quelque chose. Tu pousses, tu respires fort, tu halètes et tu sues. Et puis tu trouves, et tu me fais découvrir une autre facette de moi, un secret que je ne savais pas que je gardais : l'entrée de mon vagin. L'entrée. Tu retiens ton souffle. C'est trop de bonheur. Tu retiens ton souffle et tu reprends subitement et brusquement conscience. Tu arrêtes tout. Tu me regardes maintenant fixement de tes yeux tristes et graves.

Et tu t'aperçois que j'ai maintenant un autre visage. Un visage que tu ne connais pas. Le visage d'une fillette de deux ans et demi, au cœur de la nuit, démunie et sans défense devant l'incompréhensible. Tu t'arrêtes parce que tu prends conscience de ce qui est en train de se passer. Tu prends conscience de tes actes. Tu es tout à coup lucide. Tu soupires profondément, tu me fixes tristement et tu pousses doucement ton pénis en moi.

Choc.

Je sens qu'une énorme chose pénètre quelque part en moi. C'est gros, c'est très gros, c'est énorme. Et tu pousses encore. C'est moins drôle pour moi. Je ressens maintenant une nouvelle émotion, la peur. C'est la première fois que la peur croise mon chemin. C'est un sentiment incompréhensible, paralysant. Comment comprendre la peur quand tu n'as que deux ans et demi.

As-tu conscience de ce que tu fais ?

Pour toi aussi, Parrain Stepan, c'est la première fois que tu rencontres ta conscience aussi crûment, aussi nettement, non ?

Tu es le roi de la maison, insouciant, adoré par ta mère. Tu as l'avenir devant toi. As-tu vingt ans ? Tu en as probablement trente. Et maintenant tu as mes yeux apeurés devant toi. Tu me hais profondément à ce moment-là parce qu'ils révèlent ta laideur, tes faiblesses, tes limites, ton insignifiance, ta folie. Non, maintenant tu n'es ni le roi, ni le bon Dieu, ni un fils exceptionnel, ni un être irréprochable, ni un être fort, rien de tout ça. Dans ce moment de conscience, juste avant de passer à l'acte, tu te vois, pauvre homme.

Un homme qui a perdu son âme.

Tu te dégoûtes à ce moment précis. Mais c'est trop pour toi. Tu ne peux être l'unique responsable de cette situation. Et ton regard se pose encore sur moi. Moi, oui, fillette, deux ans et demi. Moi. Je dois sûrement être responsable aussi. Non, tu ne seras pas tout seul à porter l'odieux de ce viol. Parce que c'est cela, le véritable terme. Tout ce que je viens de décrire, mon cher Tonton, cet instant de pur plaisir et de pure perversion, ce moment se nomme *inceste*, et tu le sais.

Et pour finir, Parrain Stepan, tu continues de pousser avec ton pénis dans mon orifice. Mais tu fais attention. Pas trop profondément. Pas de sang. Juste l'entrée, c'est suffisant. Tu ne peux pas plus loin, je suis trop petite. Juste te frotter et ce va-et-vient de tes reins. Tu contrôles tout, tu penses à tout.

Surtout ne pas laisser de traces.

Dans le silence, j'ai conscience de ce qui se passe. Mon âme en conserve tous les détails, jusqu'à cette odeur âcre et acide.

Tout.

Mon âme se souvient de tout.

Mais trop lourd, trop lourd.

Tout cela est beaucoup trop lourd pour une petite Poupette de deux ans et demi.

Et je ne sais trop comment, je quitte mon corps.

Tu continues à pousser ton pénis dans mon orifice. Tu balades ton pénis entre mon clitoris, mon vagin et mon cul. Tu continues à faire tout cela froidement. Le plaisir ne t'accompagne plus, la lucidité et l'horreur t'enveloppent. Et puis tu viens. Tu éjacules sans avertissement. Seulement un léger sursaut. Ta respiration s'altère, tu te dégonfles. Tu es triste. Tu es éteint. Moi, je ne comprends plus rien. Y'a l'odeur et ce liquide qui éclabousse mes yeux. J'en ai partout sur moi. Tu éjacules par petits jets, par soubresauts.

Il n'y a rien de plus à dire, n'est-ce pas Stepan ?

Prends un temps pour respirer.

Au bout d'un moment, tu te lèves. Je suis toujours dans tes bras, petite Poupette zombie. Tu me déposes dans mon lit. Tu remontes ton pantalon et attaches ton ceinturon. Ensuite, tu sors. Tu reviens avec une serviette mouillée. Tu essuies mon corps doucement. Tu me fais une toilette complète. Tu ne dis rien. Tu fais les choses une à une, mécaniquement. Tu laves mes bras, mes jambes, mon visage. Tu fais cela très très doucement. Je t'observe de mon regard éteint. Je suis loin, absente. Tu allumes une cigarette, histoire de te détendre et de chasser cette odeur de sexe. Tu passes ta main dans mes cheveux jusqu'à ce que je réussisse à fermer les yeux. Et puis plus rien. Je sombre. Je suis en enfer.

Après ce soir-là, plus rien n'a été comme avant.

La journée du lendemain se déroule comme si rien ne s'était passé. Tu te réveilles bien longtemps après moi. Je suis silencieuse au grand étonnement du personnel et de ma grand-mère. Je ne pose plus de questions. Ni pourquoi les fourmis, ni pourquoi l'eau qui coule.

Rien.

Je me suis assise ce jour-là sur la galerie. Je fixe mon regard droit devant moi. Je suis absente. Je suis devenue une femme adulte de deux ans et demi. Je crois que je suis aspirée par l'horreur. Je suis dans un état que je ne peux pas comprendre.

Grand-mère est partie faire des courses en ville. Il y a le personnel et toi à la maison. Tu te lèves. Tu demandes ton café en gueulant. Tu n'es pas d'humeur à blaguer. C'est quand même étrange puisque tu as joui une partie de la nuit.

Salaud.

Non, tu n'es pas d'une humeur enjouée. Tu dois sûrement être inquiet. Peut-être même pas. Va donc savoir.

Tu me trouves assise sur le perron de la galerie. Je ne sais pas pendant combien de temps tu m'observes. Je ne sais pas non plus à quoi tu penses. Je m'en fous même si aujourd'hui, je pourrais te décrire l'état d'extrême excitation qui ne t'a pas quitté depuis la nuit. Avec moi, tu découvres l'extase. Avec toi, je découvre la monstruosité.

Alors, comment va ma fiancée ce matin tu dis.

Ma fiancée.

C'est bien la première fois que tu m'appelles ainsi. D'habitude, c'est ou Poupa, ou la Poupette. Non, cette nuit-là, je suis devenue ta fiancée. Et pour cause, je ne suis plus innocente. Tu m'as initiée. Petite poupée fiancée en robe bleue, deux ans et demi.

Je ne te réponds pas. Je continue de fixer. Mon regard droit devant. C'est avec les yeux de ma conscience que je regarde maintenant. Tu m'as volé les yeux du cœur et de l'innocence.

Tu t'assois à côté de moi, allumant une cigarette. Il fait beau et chaud. À la cuisine, tout roule. Grand-mère absente, tu es le maître absolu de la maison. Je ne suis plus la petite princesse insouciante et impertinente qui emmerde tout le monde.

Je suis maintenant une princesse déchue, muette, immobile.

Dans le courant de l'après-midi, je me réfugie dans ma chambre. Je me couche sur mon petit lit. *Mademoiselle Poupette* dit la bonne *qu'est-ce qu'il y a ?* Elle pose sa main sur mon front. Je fais de la fièvre. La bonne t'appelle. C'est vrai que je ne me sens pas très bien. Je n'ai pas touché à mon repas non plus. La bonne quitte la chambre. Toi et moi, nous restons seuls.

Déjà, toutes les résolutions que tu as prises la veille se sont évanouies devant mon petit corps en sueur et affaibli. Il aurait peut-être fallu que je gambade comme si rien ne s'était produit. Il aurait peut-être fallu que j'agisse comme une petite fille normale de deux ans et demi. Peut-être.

Tu te mets à caresser mon corps. Ma petite poitrine, ma petite culotte. Tu n'as pas peur que la bonne arrive sur les entrefaites puisque tu ne fais rien de mal. Tout à fait normal qu'un Tonton s'inquiète de la fièvre de sa poupée préférée.

Et puis, dans mon corps, quelque chose se réveille. Là tout de suite, tu n'attends pas, tu n'en peux plus, tu meurs de désir. D'autorité et discrètement, tu glisses ton doigt dans ma fente. Tu montes et tu descends. Ton doigt se glisse jusqu'à l'orifice de mon vagin. À l'entrée. Tu l'introduis lentement. Tu ne me regardes pas. Tu regardes fixement mon sexe et ton doigt fureteur.

Ça te serre dans le bas-ventre. Tu sens ton sexe durcir brutalement, tout d'un coup. Tu bandes. Comme tu voudrais être le soir pour qu'il n'y ait aucun bruit dans la maison. Comme tu le souhaites ardemment.

Mais non, nous sommes en plein jour. Il y a du va-et-vient dans la maison. Le lieu n'est pas sûr, malgré ta prudence. Il te faut arrêter, reprendre tes esprits.

Me laisser tranquille quoi.

Et c'est ce que tu fais après avoir jeté un regard à droite et à gauche.

Tu essuies de ta main les gouttes de sueur qui perlent sur ton front. Tu sues comme un bœuf. Chien sale.

Tu n'oses plus me regarder dans les yeux. Quelque chose t'en empêche. Tu sors de la chambre. Tu me laisses seule, gisant dans mon lit, fiévreuse.

Je suis blessée.

Mais ma blessure n'est pas visible.

C'est difficile de soigner une blessure de ce genre. Aujourd'hui encore, je sais que je ne suis pas guérie. Peut-être ne guérirai-je jamais. C'est une blessure pour toute la vie. Une blessure spirituelle.

Ordure.

Mais oui, cher Tonton, nous avons des comptes à régler. Et je ne fais que commencer. Tu ne t'en tireras pas aussi rapidement. Non. L'horreur a quelque chose de lent et de lancinant. Mais je me réveille, je me réveille et je te sors pour de bon de mon être.

Les jours suivant cette première nuit d'amour, tu restes tranquille. J'ai toujours la fièvre et grand-mère m'emmène chez le médecin, le docteur Mossanto. Je suis un bébé fragile. Dès ma naissance. Accouchement difficile. Vous avez tous eu peur que je ne meure. Enfant prématurée, avant terme, consacrée à la Sainte Vierge qui m'a sauvée : pendant trois ans, ne porter que du bleu. Des robes bleues. Des rubans bleus. Tout le temps du bleu, couleur de la Vierge Marie. Je suis mignonne en bleu, tout le monde le dit. Grand-mère a fait cette promesse à la Vierge si ma vie était épargnée. Très pieuse, grand-mère, très religieuse.

Le docteur Mossanto prescrit quelque chose, surtout du repos. Elle a les bronches fragiles, qu'il dit.

Pendant presque deux jours, grand-mère ne quitte pas mon chevet. Elle m'apporte de la soupe, me change, me frictionne avec de l'onguent. Cela m'endort. Je ne parle pas beaucoup. En fait, pas du tout. Je crois que c'est ce qui inquiète le plus grand-mère. Elle remarque mon regard et trouve qu'il a quelque chose de changé. Quelque chose d'indéfinissable, de mystérieux. Elle finit par tirer la conclusion que je m'ennuie de ma maman.

Pendant ce temps-là, tu te tiens loin. Tu as peur, non pas pour ma santé, tu as peur que je me mette à parler. Tu as très peur. L'appréhension d'un tel événement t'empêche de dormir le soir. En fait, tu es tiraillé entre deux choses. Entre la peur d'un aveu de ma part et le désir cuisant que tu as de moi. Le désir que tu as de revenir dans ma chambre et de recommencer ta lune de miel, ma lune de fiel.

Moi, comment dire, je suis dans une sorte de demi-coma. Je ne me rends pas compte de ce qui se trame autour de moi. Je suis une fillette de deux ans et demi que tu viens de violer.

Crapule.

Dans ma tête de petite fille, je commence à déformer les événements pour être en mesure de survivre. Je ne veux pas mourir. Je suis peut-être morte psychologiquement, mais mon corps est encore en vie. À partir de ce moment, j'entreprends un processus complexe me permettant de me défendre. D'abord ce mutisme, ce silence froid que je ressens, ce vide tout au fond de moi que j'explore pour la première fois. Cette espèce de trou béant, cet espace noir et silencieux. Non, ton viol change définitivement mon parcours et me dirige vers un chemin inconnu, l'opposé du bonheur.

Putain que je t'en veux! Il y a toute cette haine à l'intérieur, qui refait surface, enfouie depuis trop longtemps. Ça m'a tout coupé, tout. Comment être normale après cela. Comment est-ce que j'allais pouvoir vivre en portant en moi ta souillure.

Comment?

Je te déteste du plus profond de mon âme. Je te déteste pour tout ce que tu me fais subir. Ma haine, Tonton, est-ce que tu peux la ressentir? Est-ce que les feux de l'enfer te chauffent le derrière? Comment as-tu pu vivre avec toi-même pendant toutes ces années? Pire, comment as-tu pu recommencer et recommencer encore ton manège? Parce que c'est bien ça. Tu as recommencé. Au fil des mois et des années, tu t'es raffiné. Rendant ta perversion encore plus morbide, maîtrisant ma psychologie enfantine, t'amusant avec ma naïveté, ma pureté.

Ce n'est pas important tout cela. Finalement mon histoire ressemble à celle de millions d'enfants, garçons et filles. Des petits bouts de chou, trahis.

Mais non, mon histoire n'a rien d'exceptionnel. Sauf que je dois la cracher, la haine, pour l'extirper de moi une fois pour toutes.

Aller au bout de l'histoire, même si elle est difficile.

Aller enfin au bout d'une chose dans ma vie.

Dis-moi, comment as-tu pu vivre avec ta conscience ? Comment as-tu pu me regarder vivre pendant toutes ces années ? Parce que tu vois, ça me fait chier de te porter.

Ça commence à t'emmerder mes jérémiades, hein Tonton.

T'en as marre ?

Mais ce sont les faits réels, tels quels.

Te souviens-tu de ton délire sur mes organes génitaux ?

Ignoble personnage.

Peut-être as-tu oublié ? Sûrement.

C'est le jour de mon anniversaire. Je célèbre mes trois années d'existence. Le matin, c'est l'effervescence dans la maison. Grand-mère a prévu une petite fête d'enfant pour l'occasion. Il faut aller chez un photographe qu'elle aime bien. Un soupirant. Grand-mère est une très belle femme. De l'aristocratie du pays. Nous sommes en 1965. Fin d'été. Depuis six mois, ma vie a changé. Tu t'en es chargé. Je suis devenue ta fiancée adorée. Et tes ardeurs de fiancé ont fidèlement honoré ma petite vertu.

Oui, c'est cela, je ne sais pas si tu commences à te souvenir maintenant ?

Le matin, grand-mère m'a acheté une jolie robe blanche avec des broderies bleues, des souliers neufs, des bas neufs, des rubans neufs. L'activité est à son comble, mais je ne me sens pas vraiment d'humeur à la fête. J'espère voir ma maman, mais elle n'est pas là. Je me résigne en me disant que je ne suis sûrement pas une bonne petite fille puisque maman n'est pas venue.

Ah oui, je voulais te dire, cher Tonton, qu'à partir de ta première nuit d'amour avec moi je me suis mise dans ma tête de petite fille de deux ans et demi que tout ce qui arrivait était de ma faute.

De ma faute, tu entends?

Dans l'après-midi de ma journée d'anniversaire, grand-mère m'envoie faire une sieste. La bonne fait les dernières courses et grand-mère est chez la coiffeuse. Je suis seule avec toi dans la maison. Je suis couchée dans mon petit lit quand tu entres dans la chambre.

La Poupa, est-ce qu'elle dort la Poupa? Hein ma fiancée, est-ce qu'elle fait des gros dodos?

Tu me murmures ces choses à l'oreille. Cela t'excite davantage. Cela te donne encore plus de pouvoir. Cela rend la situation encore plus horrifiante. Tu susurres doucement. Tu me prépares toute une fête. La voie est libre.

Je dors seulement avec ma petite culotte. Je suis dans un profond sommeil. De loin, j'entends ton murmure, comme dans un rêve. Le cauchemar est tout près.

Tu glisses ta main dans mes cheveux, tu t'attardes sur mon lobe d'oreille. J'ouvre les yeux. Comme à ton habitude, tu mets ton doigt devant ta bouche.

Chut, chut.

Je te regarde fixement, je ne dors plus maintenant et je suis loin, très loin du rêve d'enfant. Tes yeux rougis et perçants m'observent. Tu as le souffle court. Comme tu m'aimes… Tu aimes tellement ma petite bouche d'enfant. Tu m'embrasses. Ta langue fouille ma bouche. Pendant que tu m'embrasses, ta main parcourt mon corps. Encore ces sensations que je ne peux contrôler et qui m'envahissent. Je ne comprends pas. N'est-ce pas aujourd'hui mon anniversaire? Elle est où, la fête en question? Pourquoi mon corps brûle-t-il?

Tu me dis *Viens, on va jouer à un jeu.* Tu me soulèves dans tes bras. Tu t'assois sur le lit de grand-mère. Tu me dis *Prends le gros doigt de Parrain Stepan dans ta bouche, prends le gros doigt de Parrain Stepan dans ta bouche.*

Non, je ne veux pas. Je veux Matina, je veux Matina. Je n'ai pas envie de jouer à ce jeu-là. Je n'ai pas envie du gros doigt de Parrain Stepan dans ma bouche. Et pour la première fois, je me mets à pleurer, à gros sanglots.

Cela te déstabilise.

Mais non Poupa, Parrain Stepan t'aime, n'est-ce pas ma fiancée, n'est-ce pas! Et tu me serres, et je ne peux douter de ton amour et j'ai besoin de réconfort. Et tu es là, toi. Mon vrai papa n'y est pas. Alors, ça doit être comme cela, la vie. Ça doit être comme cela qu'on fête les trois ans des petites filles et des petits garçons.

Tu réussis à calmer mes pleurs, mais pas ton ardeur. Tu recommences à me caresser. Maintenant, c'est mon sexe qui t'attire. Montes et descends dans ma petite fente. Et puis tu prends ton pénis et tu le mets dans mon orifice. Mais tu ne peux pas pousser.

Oh, je t'aime ma Poupette, Parrain Stepan va toujours être là avec toi, je vais te protéger.

Et je te crois.

Je te crois de toutes mes forces pour ne pas sombrer dans la folie.

Tu vas poursuivre vers le chemin de l'extase quand on entend la voix de grand-mère à la porte d'entrée qui appelle la bonne. Tu réagis rapidement. *Chut* tu me dis, et tu me mets au lit. Dans un mouvement vif, tu remontes ton pantalon. Tu me dis de fermer les yeux et de faire semblant de dormir. Ce que je fais. Tu sors de la chambre en coup de vent. Je t'entends dire à grand-mère que je dors encore. Tu félicites ta mère en disant que décidément la coiffeuse a vraiment réussi son coup et que vraiment elle est la plus belle. J'entends grand-mère rire et les voix s'éloignent de la chambre.

Je garde un souvenir étrange de cette journée. Depuis, je célèbre rarement mes anniversaires. Aujourd'hui, je regarde la photo prise à cette époque. Difficile à décrire. Regard trop grave pour une enfant de trois ans. Regard d'une fiancée. La fiancée de Parrain Stepan.

Malade.

Tu me fais vomir.

Te souviens-tu du 15 août 1962, Tonton de merde? T'en souviens-tu? Ta sœur t'a confié une mission sacrée cette journée-là. Ta mère aussi t'a confié une mission sacrée et tu as échoué, Parrain.

Il y a presque cinquante ans, tu as répondu oui à une série de devoirs et de machins-trucs de l'église. On t'a confié une petite fille, tout petit bébé. Ce petit bébé n'avait pas encore dix jours d'existence. Six exactement.

Tu as tenu ce petit bébé contre ton cœur. L'eau s'est écoulée sur son front. L'Esprit Saint, comme disait l'Église, était maintenant descendu pour envelopper ce petit être. Et toujours selon la religion, toi en tant que Parrain, tu devenais mon protecteur spirituel.

Un protecteur spirituel, c'est ça un Parrain.

Et tu te demandes encore aujourd'hui pourquoi j'ai si mal?

Dis-toi, Tonton, que je te traite de tous les noms. Dis-toi bien que cette haine que je ressens, au plus profond de moi, cette haine-là, je veux m'en débarrasser. La source est en toi, pas en moi. Je ne suis pas coupable. Je n'en peux plus de porter cette responsabilité. Même après les horreurs décrites auparavant, en moi, encore, ce goût amer de la culpabilité. Comme le goût de ton sperme. Comme le goût de ton pénis dans ma petite bouche, deux ans et demi, putain de bordel de merde.

Guide spirituel.

Voilà le rôle que tu devais tenir.

Guide spirituel.

Et, comme grand-mère était quelqu'un de très croyant, cela signifiait beaucoup.

Ma mère, elle, te confiait l'instruction de mon âme.

Pas celle de ma sexualité.

Tas de merde.

Mon Tonton, il est temps que tu te réveilles. Je n'ai plus deux ans et demi ou cinq ou sept. J'ai cinquante ans. Je suis grande maintenant. J'ai maintenant du poil sur mon sexe. Je suis grande. Oui, je suis grande et je survis.

Je sais que tu ne vis pas tranquillement. Non, tu fais semblant. Tu es fatigué. Tu te fais vieux. Et puis c'est vrai, tu as une fille. Josianne, deux ans et demi.

Vermine.

Je vais te rafraîchir la mémoire, cher Tonton, et tu vas comprendre pourquoi la rage m'étouffe. Tu te souviens de ce jour où, encore une fois, le hasard a voulu que nous soyons seuls à la maison. À son heure habituelle, grand-mère m'envoie au lit pour une sieste. Elle s'arrange toujours pour que je fasse dodo avant qu'elle sorte. Comme cela, elle se dit que je n'ai pas à te déranger pendant son absence. Être continuellement harcelé par une petite bonne femme de deux ans et demi qui pose un tas de questions, ce n'est pas toujours évident, se dit-elle. Alors, la conscience tranquille, grand-mère part vaquer à ses affaires.

Depuis notre première nuit, mon sommeil est plus difficile, peuplé de vide, de néant. Il n'est plus tranquille mon sommeil d'enfant. Non, il n'est plus du tout tranquille.

Je me trouve donc dans le lit quand tu entres dans ma chambre. Tu te penches sur moi. Depuis notre première nuit, je dors en suçant mon pouce. Tu me réveilles en ôtant mon doigt du dedans de ma bouche. Délicatement. C'est cela qui me tue, vois-tu. Tu as toujours été délicat dans tes attouchements. Même quand tu me pénétrais. Peut-être croyais-tu que tu ne laisserais pas de traces de ton passage sur mon corps.

Fumier.

Comment se fait-il que tu ne trouves pas le corps des femmes de ton âge aussi attrayant que le mien? Mon corps n'est pas formé. J'ai le corps d'un bébé et cela te fait bander. Je suis totalement innocente, fraîche, fragile et dépendante. Mon âme arrive tout droit du paradis.

Fuck you.

Je me réveille, je sais ce que cela veut dire. Tu ne me réveilles jamais quand il y a du monde à la maison. Tu laisses toujours la bonne ou grand-mère s'acquitter de cette mission. Mais tu commences déjà à avoir peur que je te dénonce d'une façon ou d'une autre. Tu ressens la peur dans le creux de ton ventre. Au niveau de ton sexe. Et cela te fait bander, pervers, cela fait partie du jeu, cela t'excite.

Quand tu me réveilles, je ne fais pas de sourire. En fait, je commence à en avoir marre de me réveiller. Je ne veux pas. C'est devenu une véritable guerre avec grand-mère ou la bonne de me faire sortir du lit, le matin, l'après-midi, n'importe quand.

À quoi bon, me dis-je, à quoi bon. Quand est-ce qu'il va revenir me voir ? Quand est-ce qu'il va me faire des choses dans mon pipi ?

Tu continues de me caresser. Tu aimes bien les rubans bleus que grand-mère insiste pour me mettre dans les cheveux. Cela t'attendrit.

Poupa, Poupa chérie, tu faisais des gros dodos ? Tu as bien dormi ? Hein, tu as bien dormi ?

Ta main s'aventure sur mon sexe que tu frottes de bas en haut.

Qu'est-ce que c'est que ça dis-tu en montrant ton pénis. *C'est le bijou de Parrain Stepan. C'est le bijou de papy Stepan. C'est le petit Jésus qui m'envoie pour toi. Le petit Jésus a dit : Stepan, je te confie Poupa. C'est une gentille petite fille, mais tu dois la surveiller parce qu'elle pourrait devenir une petite fille très méchante. Il ne faut pas qu'elle devienne méchante, sinon Matina ne sera pas contente.*

Tes doigts glissent maintenant dans l'ouverture de mes lèvres.

Tu parles sur un ton doux, très doux. Et tes caresses sont douces aussi, trop douces pour une petite poupée de deux ans et demi. Là, je perds l'esprit, cela devient trop intense. Je m'engouffre dans un trou sombre. Je tombe.

Je ne sais pas combien de temps dure mon absence, je ne sais pas non plus ce que tu as fait pendant ce temps-là, toujours est-il que j'en ressors en pleurs et hurlements. Je suis inconsolable. Tu es désemparé. Je pousse des cris de terreur et tu as peur que le voisinage ne soit alerté. Tu sues à grosses gouttes. Tu me sors de mon lit en me prenant dans tes bras. Tu me dis *Chut chut, c'est fini, ne pleure pas.* Tu m'embrasses partout, tu me donnes des bisous sur mon front, sur mes yeux, sur ma bouche, tout en me berçant. Tu tentes de redevenir un bon garçon. Tu me soulèves, essayant de trouver quelque chose pour me calmer. Il n'y a rien à faire car tes câlins m'étouffent. Je me débats, je veux mourir.

Tina je hurle *Matina, Matina!*

Tina est sortie, elle ne reviendra pas si tu continues de pleurer.

Je suis au désespoir. Plus de Tina, seulement Parrain Stepan. Non. Je hurle de plus belle. Tu prends réellement peur au bout d'un moment. Tu perds patience. Tu me mets debout brusquement, ce qui contraste singulièrement avec tes douceurs d'antan. Et tu prends une grosse voix et tu me dis *Maintenant, cela suffit, Marie-Christine Jovèse. Si vous continuez comme cela, c'est le crabe qui viendra vous manger. Parce que je vais creuser un grand trou noir et je vais vous jeter à l'intérieur. Et puis je vais mettre de la terre sur vous. Et puis le crabe va venir vous manger et cela va faire très très mal. Vous n'avez qu'à bien vous tenir.*

Dans l'argot du pays, tu ajoutes *Si tu ouvres la bouche, je te tue.*

C'est sidérant.

Les larmes s'échappent de mes yeux. J'ai le souffle coupé.

Nous entendons subitement des bruits de pas. C'est grand-mère qui revient des courses avec la bonne. Tu me regardes avec des yeux menaçants en mettant ton doigt devant ta bouche. Tu sues à grosses gouttes maintenant, et dans tes yeux il y a la peur, la véritable peur, celle qui ne te fait pas bander. Dans un mouvement rapide, tu me prends dans tes bras en me serrant jusqu'à me faire mal.

Il y a quelqu'un demande grand-mère.

Oui, je suis ici que tu réponds *dans ta chambre. La Poupa a fait un gros cauchemar, hein la Poupa.* Et tu me serres encore plus fort.

Ce n'est rien, c'est fini. Une histoire de gros crabe qu'elle m'a racontée.

Et tu me tiens si fort contre toi que je n'arrive plus à respirer.

C'est fini la Poupa, c'est fini. Chut, chut.

Dès que j'aperçois grand-mère, par une force extraordinaire, j'arrive à me défaire de l'étau de tes bras et je me précipite vers elle. Je pleure à chaudes larmes, incapable de parler. Grand-mère est déstabilisée.

Ce soir-là, je dors dans son lit, avec elle.

Ce soir-là, grand-mère promet d'appeler ma maman. Il est temps qu'elle s'occupe un peu de sa fille.

Je ne sais pas si tu le sais, Tonton, mais l'imagination d'une petite fille de deux et demi est immense. Sans limites.

Tu es tellement sérieux, tu sembles tellement méchant que j'y crois mordicus à cette histoire de trou et de crabe.

Et je tremble de peur.

Durant la nuit, je me réveille en hurlant que le crabe va venir me manger. Je ne m'endors pas cette nuit-là. Je me serre fort contre grand-mère, qui me demande si j'ai envie de voir ma maman, si je veux voir mon papa. Qu'est-ce qu'elle peut faire ? Elle ne comprend pas et est au désespoir.

Je ne parle pas.

Finalement, mes yeux ne tiennent pas le coup et le sommeil l'emporte.

Le lendemain, grand-mère t'en parle. Tu es assis, ton café devant toi, tu t'en souviens, Tonton ? Tu le prends très sucré. Tu as l'air un peu amoché. Tu as toutes les raisons du monde. Tu n'as pas fermé l'œil de la nuit. Tu as entendu mes pleurs et tu as prié pour que je me la ferme. Ta chambre est juste à côté de celle de grand-mère. Tu peux donc entendre les paroles réconfortantes de ta mère et tous tes muscles se sont tendus lorsque tu l'as entendue me demander de lui raconter ce qui n'allait pas. Ah, putain que tu as eu chaud!

Matina te demande si tu as remarqué quelque chose ces derniers temps, si je te parle à toi parce que je ne lui parle plus à elle.

Non, non que tu lui réponds *non. C'est normal, ne t'en fais pas. Cauchemar d'enfant, et tu connais son sens de l'exagération. Elle fait son intéressante, c'est tout.*

Tu détournes la conversation, choisis un autre sujet pour faire diversion. Et grand-mère accepte. C'est normal. Tu as cet étrange pouvoir sur elle : tu arrives à la faire rire même si un drame se pointe. Et mieux vaut en rire, n'est-ce pas ?

Moi, je n'ai pas envie de rire du tout.

Les jours suivants, tu m'évites consciencieusement. Tu dois sentir la soupe chaude. Tu sais que l'orage n'est pas tout à fait passé.

Quelques jours plus tard, des hommes viennent livrer une commode avec tiroirs et penderie, qui doit servir de garde-robe pour grand-mère. Elle est très contente de sa garde-robe. Il y a un long miroir dans lequel elle peut se voir complètement. Grand-mère est une femme très coquette et elle soigne son apparence. Elle aime faire tourner les têtes. Elle aime recevoir des compliments. Grand-mère est très populaire dans la famille. Tout le monde l'adore. Les cousins, les cousines, les frères, les sœurs et moi. Mais c'est son fils adoré qu'elle veut séduire par-dessus tout.

J'ai tout de suite adopté cette garde-robe. J'entre dans le placard et j'y joue. Je m'assois dans le fond, j'écrase les souliers de grand-mère et je me tiens immobile. Sous les robes de Matina, je me sens bien. Protégée.

Un jour, je m'en souviens, la bonne et grand-mère me cherchent longuement. Elles m'appellent, mais je ne réponds pas. Je crois même qu'elles sont allées jusque chez la voisine. C'est la bonne qui m'a finalement trouvée, et cet après-midi-là, grand-mère me met en punition. Elle a eu réellement peur.

Un jour que je joue tranquillement dans ma chambre, j'entends ta voix provenant du salon. Je suis seule avec la bonne. Grand-mère est sortie tôt le matin et tu n'es pas rentré la veille. En entendant ta voix, je suis prise de panique. Panique intérieure qui rend ma respiration difficile. Je ne sais que faire, la panique monte en moi. Je ne veux pas te voir. Je ne veux surtout pas que tu me voies.

Lorsque grand-mère est là, j'arrive à oublier ce qui se passe entre nous et je ressemble à une petite fille normale de deux ans et demi. De toute façon, je ne peux rien nommer. Inceste, ça ne veut rien dire pour moi.

Sans réfléchir, j'ouvre la porte de la garde-robe. Je me cache. Je suis sauvée. Je retiens ma respiration, immobile. Tu entres dans la chambre, tu jettes un coup d'œil vers la commode mais l'idée ne te vient pas de regarder à l'intérieur. Grande victoire dans mon petit monde de deux ans et demi. Tu étais absent le jour où je m'y étais cachée et que la bonne m'y avait trouvée. Tu ne connais pas cette histoire. Tu appelles la bonne. Ta voix est forte et déterminée. Tu lui expliques la situation, j'imagine. J'entends son rire franc, je prie pour que personne ne me trouve, surtout pas toi. Mais, comme je suis toute petite, je ne comprends pas qu'ils me trouveront tôt ou tard. Je ne comprends pas que la garde-robe ne peut pas me protéger vraiment. Je ne comprends pas qu'il n'y a plus rien pour me protéger contre toi. Je ne comprends pas que je suis ton jouet vivant. Je ne comprends pas que je suis à ta merci.

Es-tu d'accord avec moi, Tonton, je suis à ta merci, n'est-ce pas?

Plus maintenant.

Un autre souvenir, Tonton.

C'est un après-midi chaud. Un de tes copains t'a prêté sa voiture. Tu es heureux comme un pape. Tu n'as pas de voiture, toi. Et cela te fait chier de ne pas pouvoir faire ton coq auprès des jolies demoiselles au volant d'une décapotable. Très à la mode à cette époque. Tout à ton excitation, tu décides d'amener le jardinier avec nous pour une balade. Encore une fois, grand-mère est absente. Je ne sais trop quelle occupation la veut en ville. Bref, le jardinier est en avant, moi, en arrière, et nous voilà partis. J'adore me promener en voiture. Je te savais les deux mains occupées et l'esprit concentré sur autre chose que ma petite personne. J'aime la solitude du voyageur. Là, je peux me raconter toutes les histoires que je veux sur les piétons que je vois défiler dans la rue, sur les autres voitures que l'on croise. Je m'invente des histoires de petite fille de deux ans et demi.

Tu roules rapidement, et la conversation va bon train avec le jardinier. Ce dernier sort une bouteille remplie d'un liquide rouge. Il te la passe régulièrement, mon Tonton. Mais, dis-moi, c'était quoi, ce liquide rouge, Tonton de merde ? Pourquoi, au bout d'un moment, tu te mets à parler fort, à être un peu plus de bonne humeur et à suer à grosses gouttes ? Je n'aime pas trop mais je n'y peux rien.

Ce jour-là, tu es d'humeur à la fête.

Putain, elle est difficile à raconter, cette histoire.

Cruelle.

Crue.

Tu te souviens? Tu te souviens de cette grosse femme?

Qu'avais-tu décidé, ce jour-là? De creuser ma tombe?

Je suis pétrifiée.

Nous arrivons en fin d'après-midi, dans ce lieu que je ne connais pas. En pleine campagne. Tu sembles content d'être rendu et le jardinier aussi. C'est lui qui semble connaître tout et tout le monde. Le jardinier embrasse la grosse femme qui nous accueille. Il te présente à elle. Après quelques mots et un seul sourire, tu réussis à la charmer comme à ton habitude. Rapidement, le jardinier me montre du doigt. La grosse femme hoche simplement la tête.

Il y a une petite colline. Les habitations me semblent très rustiques. Au loin, je vois des animaux très maigres. Déjà, ils sont mes amis. Il y a deux bâtiments. La grosse femme me dit d'entrer dans une pièce. Cette pièce est vide. Elle ferme la porte et me laisse seule dans ce carré sombre. Il n'y a pas de fenêtre. Je ne sais pas combien de temps je reste enfermée. J'entends ta voix au loin et celle du jardinier. J'entends les rires de la grosse femme, les chèvres et les chiens aboyer. Comme il n'y a rien à faire, j'écoute très attentivement. Je sais qu'il ne me sert à rien de pleurer ou de crier. Ton regard, avant que la porte ne se ferme, me l'a clairement indiqué.

J'entends d'autres gens arriver. D'autres voix. Une gaieté générale s'installe. Des rires. Assise dans la pièce près de la porte, j'épie mais ne vois rien. Et puis la porte s'ouvre. Je recule. Au dehors, il fait nuit noire. Il y a un feu qui éclaire au loin. Il y a beaucoup de monde. Des silhouettes. Des inconnus. La grosse femme me prend dans ses bras et sort avec moi. Je distingue mieux les visages. Un groupe de femmes parlent fort. Un groupe d'hommes suent à grosses gouttes. Il y a des bruits sourds, comme à répétition. Nous traversons cette horde humaine. Nous nous dirigeons vers l'autre bâtiment. Nous entrons. La grosse femme me dépose par terre. La pièce est éclairée par des torches. Il y a là toi Tonton, le jardinier, la grosse femme et une autre personne assise dans un coin, que je distingue mal. Au centre de la pièce, il y a comme un lit. La grosse femme dit d'aller me coucher dans le lit. J'obéis. Je jette un coup d'œil vers toi Tonton, mais tu as les yeux rouges et toi aussi, tu sues à grosses gouttes. Je comprends vite que je suis seule au monde, pas la peine de regarder le jardinier. Je suis perdue. Encore une fois. Et combien de fois encore.

Non, ce n'est pas une innocente balade du dimanche.

C'est autre chose.

Je me couche et j'attends. Les bruits sourds peuplent le silence. J'ai peur. J'entends la porte s'ouvrir et se refermer. La grosse femme te demande d'approcher du lit. Tu obéis. Une fillette s'approche aussi de moi. Elle s'agenouille au pied du lit. Rien pour me rassurer. Tout a maintenant un caractère solennel que je ne comprends pas. Je sens mon cœur battre fort, très fort. La grosse femme s'approche de moi. Elle parle maintenant une langue que je ne comprends pas. Elle se dandine sur elle-même. Elle cache dans les mains un objet que je distingue mal. Quand elle ouvre les mains, je vois un animal mort. Je ne sais pas c'est quoi. Le sang coule. Le mien tourne. Et puis un flou. Je vois le visage hideux de la grosse femme. Elle me fait boire quelque chose. Je pleure maintenant. Je veux m'en aller. Ce n'est pas drôle. Je veux ma grand-mère. Je veux Matina. Les bruits dehors sont plus forts, comme cacophoniques. Ma tête tourne. La grosse femme rit fort. Toi Tonton, tu ris encore plus fort. Le jardinier t'encourage. Tu montes dans le lit. Tout est flou pour moi. Tu me déshabilles. Les bruits sont encore plus forts. La grosse femme rit. Elle est presque nue. Elle tourne sur elle-même. C'est la folie. La démence. C'est flou. Tu défais ton pantalon. Tu sors ton gros doigt. Je vois ton pénis bandé. Je ferme les yeux. Je sens un liquide chaud couler sur ma poitrine. Tu essaies de me prendre. Je me débats. J'ouvre les yeux. Je suis mouillée. Tu me fais peur. Tes yeux sont rouges. Ton pantalon est baissé. Matina je veux. Matina je veux. Tu ris. Tes yeux rouges. Les gens autour. Le jardinier qui t'encourage. L'animal mort est dans les mains du jardinier qui le tourne dans les airs et qui rit. Bruits forts, trop forts. Et toi sur moi. Où sont les chèvres, les chiens, mes amis. *Tina! Matina!*

Et je hurle.

Ce soir-là, tu entres un peu plus ton gros doigt dans mon pipi.

Je bascule définitivement.

Il y a toi, la grosse femme, le jardinier et la fillette.

Tous assistent à ce massacre.

Et je perds conscience.

Qu'est-ce que tu veux que je te dise? C'est un coup de maître. Je ne sais pas comment tu as fait ton compte, mais tu l'as fait.

Coup de grâce.

Descente aux enfers.

Criminel.

C'est la pendaison que tu mérites.

La chaise électrique, tu comprends ?

Mais non, tu ne comprends pas.

Tu n'as rien fait de mal.

Animal.

Des types dans ton genre, pourquoi ça existe ?

Ce soir-là, je pars. Je me sépare ou me dissocie. Je décolle. Je deviens bête. Je n'ai plus d'âme. Je perds ma spiritualité. Mes rêves aussi. Mon innocence. Ma virginité.

Un tas de questions. Qui sont ces gens ? Où sommes-nous ? Ce liquide qui a coulé sur ma poitrine, du sang, de la pisse, du sperme ? Quoi ? Quel pacte as-tu fait avec le Diable ? Comment m'as-tu ramenée ? Qu'est-ce qui s'est passé avec grand-mère ? Combien de temps suis-je restée dans cette espèce de coma ? Je ne sais pas. Ce que je sais, c'est que je suis restée très longtemps absente. Je ne sais pas combien de temps. Je ne sais plus rien.

Pourriture.

Je ne me souviens de rien.

Trou noir.

Mystère total.

C'était quoi, ce liquide que vous m'avez fait boire ? C'était quoi, le liquide que le jardinier te faisait boire ? Pourquoi elle tournait sur elle-même, la grosse femme ?

Pourquoi ?

Pourquoi quoi ?

Juste pourquoi.

Pas de réponse ?

Pas de réponse.

Sacrifiée.

Tu m'as sacrifiée.

Le petit Jésus doit sûrement être très en colère contre moi pour permettre qu'une telle chose se produise.

C'est là que c'est devenu intéressant pour toi, hein Tonton. Putain, tu as décroché le gros lot. Maintenant tu es sûr d'être le plus fort et d'être au-dessus de tout soupçon.

À partir de ce jour-là, le jardinier et toi, vous êtes devenus inséparables. Partout où il peut te suivre, il te suit. Grand-mère n'en sait rien, sinon elle aurait désapprouvé. Elle n'a jamais oublié son origine aristocratique.

Tu viens me visiter moins souvent, mais tu es maintenant accompagné par ton complice.

Non, le jardinier ne m'a jamais touchée. Il a observé.

Il s'installe sur le bord de la fenêtre et te regarde toi, grand acteur, jouer ton plus beau rôle. Comme un film. L'acteur principal Stepan, et moi l'accessoire. Je joue l'abusée. Lui le jardinier, le public, le voyeur.

Maintenant, je sais que toute ta mémoire est secouée. Tu ne peux plus t'échapper. Je te tiens. Le secret est enfin dévoilé. Je marche clairement et avec optimisme dans le chemin de la libération, je prends mon envol, je vais m'envoler.

Qu'y a-t-il d'autre à ajouter?

Rien.

Charogne.

Il n'est plus possible pour moi de continuer à écrire comme cela, enfermée à l'intérieur. Comme si je n'avais pas le droit de profiter de l'été. Si tu savais le nombre de choses que je me suis interdites dans la vie, infâme Tonton, tu n'en reviendrais pas toi-même. Tu as commis l'inconcevable. Tu t'en souviens? Ta vie, ton existence même est une offense.

Depuis les événements avec le jardinier et la grosse femme, tu es devenu le Roi et Maître de la maison.

L'abomination ne s'arrête pas là pour toi.

Naïve que je suis, je continue de penser que la garde-robe est le lieu le plus sûr pour me protéger. Depuis les derniers événements, je suis plongée dans une angoisse constante. J'ai peur de toi et du jardinier. Mais je ne peux pas parler, sinon tu vas creuser un grand trou, le crabe va venir me manger, et tu vas mettre de la terre sur moi.

Quelque temps après, grand-mère quitte la maison très tôt le matin et revient tard le soir. Le champ est donc libre pour toi. Ton pacte avec le Diable commence à donner des résultats.

Maintenant tu es grand acteur et le jardinier ton spectateur privilégié. Je l'ai bien vu assis sur le rebord de la fenêtre quand tu te livres à tes explorations sur moi. Je peux le voir avec je ne sais quoi dans le regard, de la malice je crois, avant de sombrer dans le néant au plus fort de tes manipulations.

Un jour, je me réfugie dans la garde-robe. Grand-mère est à ses affaires. C'est le jour de congé de la bonne et de la cuisinière. Il n'y a que le jardinier, toi et moi à la maison. Je ne sais pas depuis combien de temps je m'y trouve. Je me sens en sécurité entre les robes et les souliers. Pauvre petite innocente. Je t'entends m'appeler de ta chambre. Mon cœur s'arrête, et je prie le petit Jésus pour que tu ne me trouves pas. Je dis *Petit Jésus, non, je ne veux pas jouer, je ne veux pas jouer avec le gros doigt de Parrain Stepan*. Comme tu sais exactement où me trouver, tu joues avec le suspense.

Où est-elle la fiancée de Parrain Stepan, où est-ce qu'elle se cache ? Hein la Poupa, où est la Poupa ?

Tu me fais horreur.

Plus je t'entends parler, plus je prie fort en promettant au petit Jésus tout ce qu'il veut. Grand-mère est une femme très religieuse et m'a montré les prières à faire le soir en me couchant. *Mon Dieu, je te remercie de m'avoir fait passer une bonne journée. Fais-moi la grâce de passer une bonne nuit. Mon ange gardien, veille sur moi pendant mon sommeil. Enfant Jésus, bénissez-nous. Notre-Dame du Cap, veillez sur nous. Au nom du Père, du Fils et du Saint-Esprit, Amen.*

Grand-mère vénère l'Enfant Jésus et me dit que le petit Jésus va toujours me protéger.

Je rêve ou quoi? Le petit Jésus m'a sûrement oubliée quelque part. Et c'est sûrement de ma faute. Parce que vois-tu, petit salopard de merde, la petite poupée Poupette que je suis, deux ans et demi, se convainc que tout ce qui lui arrive est bel et bien de sa faute à elle.

Guide spirituel de merde.

Tu finis par me trouver. J'entends la porte de la garde-robe grincer.

Ah, comme elle est bien cachée, la Poupa de Parrain Stepan, viens, sors, on va jouer.

Je ne peux pas protester, j'ai vite compris que cela ne sert à rien. Je sors donc de la garde-robe le cœur brisé en sachant ce qui m'attend.

Tu me fais asseoir sur un petit tabouret en face du lit de Matina. Toi, tu t'es assis sur son lit. J'ai pris maintenant l'habitude de m'asseoir bien droite et sage, mes petites menottes posées sur mes genoux. Je garde la tête baissée. J'attends.

Bon, est-ce que la Poupa a été une bonne petite fille aujourd'hui, hein ? Je ne réponds pas. Tu prends alors une grosse voix en disant *Marie-Christine Jovèse dite Poupette, levez la tête quand on vous parle.* Je m'exécute. *Répondez quand on vous pose une question.* Tu prends un ton tellement autoritaire, tu me fais peur. Je réponds tout doucement *Oui, Parrain Stepan, j'ai été une bonne petite fille.* Et c'est là que tu te mets en action. Un sourire étrange se dessine sur tes lèvres. Tu jettes un regard vers le jardinier assis sur le rebord de la fenêtre. Tu commences à t'exciter. *Moi, j'ai parlé au petit Jésus* tu continues *et le petit Jésus trouve que tu as été une très méchante petite fille. Le petit Jésus m'a dit : Il faut faire quelque chose pour la Poupa, elle est trop méchante.*

Tu ne me lâches pas.

Le petit Jésus a dit non, tu n'es pas gentille, le petit Jésus n'est pas content.

Je ne peux pas te regarder dans les yeux quand tu me parles ainsi, j'ai tellement honte de ne pas avoir plu au petit Jésus. Je veux tellement que le petit Jésus, il m'aime. Je veux tellement être une bonne petite fille.

Foutaise.

Je suis déchirée entre vouloir à tout prix que le petit Jésus m'aime et la peur des jeux de Parrain Stepan. Je finis toujours par choisir le petit Jésus. Donc par choisir la punition. Je finis toujours par payer le gros prix.

Tu continues.

Le petit Jésus me confie une mission. Il dit : Dis à la Poupa qu'il faut qu'elle joue avec Parrain Stepan. C'est la seule façon de devenir une bonne petite fille. Il faut que la Poupette joue avec le gros doigt de Parrain Stepan.

Et tu es pris d'un petit ricanement cynique. Tu jettes un regard vers le jardinier pour voir s'il apprécie la représentation. À mon avis oui, car tu poursuis.

Maintenant, Mademoiselle Poupette, vous allez enlever votre robe et votre petite culotte. Je m'exécute. J'enlève sagement ma robe, ma culotte. Je les mets bien ordonnées sur le lit de grand-mère. Je suis bien dressée. Je me rassois nue sur mon petit banc. Tu défais ton ceinturon et baisses ton pantalon. Ton sexe est prêt et bien bandé. Tu commences à suer. Un éclat particulier apparaît dans tes yeux. D'une main tu prends ton pénis. Lentement tu montes et tu descends en me regardant fixement. Et montes et descends et montes et descends. *Hum… ah… hum… hum.*

Et ton plaisir commence. *Hum… Oh oui, le petit Jésus est content, oui, il est content. C'est comme ça qu'il faut être une bonne petite fille. Oh… hum.*

Je te regarde te masturber. Je vois ton membre s'enfler, se dresser. Je vois ta main glisser. Je te vois suer, sale dépravé. Tu ne portes plus attention au jardinier. Tu es concentré sur toi maintenant, de temps en temps fermant les yeux, renversant la tête par en arrière, te passant la langue sur les lèvres. Des fois, j'ai l'impression que pour quelques secondes tu oublies ma présence. Tu ouvres les yeux. Tu me prends alors sous les aisselles et tu m'assois sur tes jambes. J'ai les deux cuisses de chaque côté de toi. Ton sexe tout près du mien. *Maintenant prends le gros doigt de Parrain Stepan avec tes deux mains.* Je m'exécute. Ton sexe est chaud, dur et gluant. Pour t'assurer que je maintiens le rythme, tu mets tes mains sur les miennes pour m'indiquer la cadence. *Oh... hum... c'est bon. C'est bon, la Poupa.* Et tu délires. *Oui, tu es la fiancée de Parrain Stepan... hum... La petite chérie de Parrain Stepan... La petite chérie de Parrain Stepan... Hum... c'est bon, continue comme cela, hum... ah... ah... c'est bon... ah... oui... c'est ça.* Du coin des yeux, je peux voir le jardinier se transformer en acteur secondaire. La main sur son sexe, il monte et descend lui aussi.

Lorsque tu sens que j'ai bien enregistré le rythme, une de tes mains commence à me caresser, à fouiller mon sexe. Ton excitation monte alors d'un cran. Tu me fouilles et je commence à perdre pied. Moi aussi, j'ai chaud et je continue à te masturber.

Parfois, l'orgasme te prend par surprise et tu éjacules par petits jets. Ton sperme éclabousse mon visage. Je n'aime ni l'odeur, ni le goût.

Tu me dégoûtes.

Une autre fois, tu me dis dans un souffle *Prends le gros doigt de Parrain Stepan dans ta bouche.* Je m'exécute. Je prends le bout de ton pénis dans ma bouche. *Joue, joue avec ta langue.* Je m'exécute. Ma petite langue te lèche à petits coups, comme quand on mange une glace. Ça, tu demandes souvent. Ça, t'aimes ça. Beaucoup, beaucoup.

Tu aimes aussi caresser mon sexe imberbe. Pas un poil, tout lisse, tout doux, offert. Tu aimes lécher mon sexe avec toute ta bouche.

C'est le seul moment où j'ai un répit. Je vois ta tête dans mon sexe. J'ai l'impression d'avoir un peu de pouvoir sur toi. Je ne vois plus ton visage, juste tes cheveux noirs. Tu me goûtes à pleine bouche. Comment comprendre alors ce qui se passe. Je suis trop petite.

Parrain Stepan fait tout ça pour le petit Jésus.

Pour que je sois une bonne petite fille.

D'autres fois, tu m'accompagnes dans la masturbation. Tes mains fouillent mon sexe, trouvent l'entrée de mon vagin, et tu y introduis ton doigt. Tu suis la même cadence que moi. Nous sommes en harmonie. Tu es au paradis.

D'autres fois, tu m'assois carrément sur ton sexe. D'une main tu frottes le bout de ton pénis entre mes lèvres. De l'autre, tu cherches mon cul. Là par où je fais caca.

Je suis envahie de partout. Je perds pied. Car, tu t'en souviens, je perds conscience au moment où c'est trop fort pour moi. Je me perds dans le néant et je ne sais plus ce qui se passe. Tout mon corps se met à trembler, et puis plus rien.

Noir.

Silence.

Ma performance s'arrête là.

Lorsque je reviens du néant, souvent, tu es déjà debout. Ton pantalon et ton ceinturon remis en place. Je n'ai plus en pleine figure ton pénis bandé, mais un pantalon civilisé. Aucune trace de rien. Qui peut soupçonner une pareille histoire. Le tour est joué, le pantalon remonté, image de respectabilité. Tu t'en tires comme un honnête homme. Ni vu ni connu, la vie qui suit son cours.

C'est comme si j'avais un règlement de comptes avec le petit Jésus. Je ne peux pas argumenter. Le petit Jésus est trop fort, je veux trop qu'il m'aime, alors je cède. Le petit Jésus me trouve trop méchante, alors il me punit. Voilà, c'est la stratégie pour m'avoir à chaque fois. C'est cela ton arme de persuasion massive, incontournable pour une petite poupée Poupette à deux ans et demi, pour la Poupa à cinq ans, pour moi à sept ans aussi. Bingo, tu as décroché le gros lot pour des années et des années encore. Excellente stratégie, celle du petit Jésus, à court, moyen et long terme.

En plus, tout est logique puisque tu es nommé par la famille, représentant de Dieu auprès de moi, tu es mon Parrain. Et cela, tu me le fais clairement comprendre. Tout est sans faille, sans défaut. Je ne peux que tomber dans le piège et accepter.

Accepter tout ce que tu me fais, tout ce que tu dis, toutes tes menaces, toutes tes méchancetés, toutes tes saloperies de pédophile parce que tu as, toi, le privilège d'être directement en contact avec Dieu.

Le petit Jésus, le trou, le crabe et la terre sur moi.

Échec et mat, Poupette.

Tu es immonde.

Vermine.

Et, putain de bordel de merde, il y a tout plein de vermines comme toi qui courent sur la Terre. Plein de prédateurs comme toi, qui rôdent, qui guettent. Et je ne te raconte pas, la chair est jeune, la chair est fraîche, la chair est abondante.

Ton pantalon ainsi remonté, ta civilité enfin retrouvée, tu disparais un moment de la chambre tandis que le jardinier va son chemin. Le jardinier doit sûrement être aux anges, spectateur de première loge, gros plan sur l'activité avec option interactive, pas impliqué du tout, juste voyeur. Il te laisse faire. Bonjour l'improvisation. Dans le fond, c'est toi qui es le plus à plaindre. Au moins tu te mouilles, tu as des couilles, tu t'impliques.

Tu reviens pour tout nettoyer, pour tout effacer. Tu laves bien tout mon corps. Tu as intérêt. La bonne ou grand-mère peuvent repérer des traces de sperme séché. Il ne faut pas. Pour rien au monde tu ne veux que ton petit plan de cul soit contrecarré. Tout sauf ça.

Après une toilette minutieuse où je suis un peu hébétée, on peut comprendre, tu m'ordonnes de remettre ma robe et ma culotte. Je m'exécute. Pendant ce temps, tu t'allumes tranquillement une cigarette, savourant la détente et la jouissance. Il n'y a pas de bruit. Juste les oiseaux et le bruit des enfants jouant dans la rue. Tu ne dis rien, tout encore ébloui et émerveillé de ta chance et de la beauté de la vie finalement. Oui, je te donne le goût de vivre, le goût de recommencer toujours et toujours. Ton pénis fait honneur à la vie, et moi, je fais honneur à ton pénis.

Ta cigarette à moitié consumée, tu t'assois tranquillement et tu me regardes.

Après avoir enfilé mes vêtements, je me rassois sagement sur le tabouret et j'attends. J'attends le verdict.

Bon. Tu prends un air consciencieux. *Le petit Jésus est content. Il est moins fâché. Mais tu dois faire attention parce que le petit Jésus, il se fâche souvent. Mais je lui ai parlé pour toi et je lui ai dit que je viendrais te voir tout le temps, comme cela le petit Jésus sera tranquille. Parce qu'il est très occupé, le petit Jésus. C'est un petit Jésus très important et il a beaucoup de petits enfants à surveiller. Est-ce qu'on a bien compris, Mademoiselle Poupette ? Oui, Parrain Stepan* je murmure. *Bon, maintenant laisse.* Tu me donnes mon congé. Je me lève sagement et je quitte la chambre.

Tu vois, Stepan, tu dois avoir près de soixante-dix ans aujourd'hui. J'en ai près de cinquante. Je n'ai rien oublié. Tout est là, gravé dans ma mémoire, enregistré dans mon corps, dans mon âme.

Toutes tes obscénités.

Toutes tes bassesses, tes humiliations.

Comment puis-je te pardonner ?

La rage, tu comprends, la rage. Encore et encore. J'ai le cou raidi par ces tensions.

Pauvre petit Jésus qui s'est fait utiliser.

Pendant des mois, je continue à me taire. Je me dis que si je fais toujours exactement ce que tu veux, le petit Jésus va finir par me pardonner. Et puis tu recommences ton manège. Le jardinier se pointe pour assister à tes représentations une fois sur deux. Tu continues à m'asperger de ton sperme et à remplir ma tête de culpabilité. Tu te pointes comme le sauveur de mon âme.

En même temps, je ne comprends pas ce que je fais de si terrible pour être punie aussi sévèrement. Je suis quand même une petite fille assez tranquille, sage et qui n'a pas d'amis de son âge.

L'année s'écoule sans grands bouleversements. Je ne vois pas ma maman, elle ne peut se libérer pour me voir. Pourquoi tu m'as faite alors, maman, si ce n'est pas pour m'aimer tous les jours et que je puisse, moi aussi, t'aimer en retour? Bien sûr, il y a Matina, heureusement. Mais je ne la vois plus très souvent. Elle est toujours à ses affaires. Alors, le Parrain, il a le champ libre. En fait, je vis toujours en attente de la prochaine fois. Me demandant quand est-ce que tu vas me rendre visite et me parler du petit Jésus.

Je commence à en avoir marre.

Cela fait maintenant un an que ton manège dure. Je ne te raconte pas les dégâts. Cela ne prend pas beaucoup de temps pour ruiner la vie d'une petite fille.

Cela ne prend pas beaucoup de cœur non plus.

Toi, t'es aux oiseaux, hein Tonton. La vie est si belle pour toi. Tu es le maître du monde. Ou plutôt, tu crois être le maître du monde. Chaque jour ou presque, tu peux décharger ton énergie sexuelle sur moi.

As-tu une petite amie à cette époque ? Si oui, n'est-ce pas avec elle que tu peux faire toutes tes malséances ? Peut-être qu'elle est une jeune fille de bonne famille qui préserve sa virginité avant le mariage ? Peut-être que tu l'aimes davantage ?

Comment elle s'appelle encore ? Marjorie ? Oui, c'est cela, Marjorie. Marjorie est de toute beauté. Mais vraiment le gros canon. Le trophée à obtenir. Courtisée par tous les célibataires des environs. Tous la veulent. Tous l'épouseraient. Tous la baisent en rêve.

Moi, je n'ai pas besoin de rêver pour être fourrée par toi. Non, j'ai droit au forfait complet.

Ai-je souhaité que tes ardeurs diminuent quand tu l'as rencontrée ? D'après toi, Tonton ? Mais non, je n'ai même pas eu espoir.

Tu es obsédé par Marjorie. Même, oh ignominie, tu murmures son nom lorsque, dans le délire de l'extase, tu éjacules sur moi. Non, je n'ai pas assez de qualificatifs pour te décrire, monstre. Oui, monstre répugnant.

Les rares fois où grand-mère est présente, elle en plaisante avec toi. Maintenant, toute la maisonnée ne parle que de Marjorie. Tu ne l'as pas encore présentée à la famille. Mais, putain de bordel de merde, on en entendait parler.

Je commence à m'habituer à mon rôle de fiancée. Je suis résignée. J'ai un rapport très significatif avec toi, l'adulte. Et puis tu remplaces mon père. Tu es la figure paternelle, comme disent les psychologues. Mon propre père n'est rien pour moi. Ni vu ni connu.

Je dois quand même être une petite fille importante, pour avoir des comptes quotidiens à rendre au petit Jésus. En plus, je suis une fiancée. Bon, il doit y avoir d'autres petites filles avec un sort beaucoup plus malheureux que le mien. Dans le fond, je ne dois pas être vraiment à plaindre. J'ai un toit, à boire et à manger, une sexualité très active.

Alors quoi?

Il est où le drame?

Cela commence à m'énerver d'entendre parler de Marjorie. Quand tu en parles, tes yeux s'allument, ton regard s'enflamme.

Tu t'en souviens, Tonton? Je pensais que j'étais ta princesse préférée. Même si tu abusais de moi, tu m'aimais, n'est-ce pas?

Matina te regarde aller avec un air moqueur dans les yeux. Elle doit trouver que tu en mets beaucoup pour cette Marjorie. Elle doit se dire que c'est très sérieux, cette histoire d'amour.

Un jour, vous me revêtez de mes plus beaux atours. Matina délaisse le bleu depuis six mois environ. Mais bon, comme c'est sa couleur préférée, elle demande à la bonne de me vêtir de ma jolie robe bleu pâle en dentelle.

Toi, le Tonton, tu as dû changer dix fois de costume. Demandant à grand-mère ce qui te fait paraître plus mince, plus élégant. Car, tu sais, tu as beaucoup, beaucoup de compétition et tu mises sur ton charme pour la séduire. Cette Marjorie vient de la haute société. Encore plus haute que la tienne.

Et puis elle arrive. La maison est impeccable, la table superbement mise, les odeurs délicates émanant de la cuisine, une petite musique douce d'ambiance, des chandelles et tout le tralala.

C'est la plus belle femme au monde. Tu as raison, c'est une vraie princesse. Tant de grâce et de beauté chez une même et seule personne ! Moi aussi, je tombe amoureuse de Marjorie. Matina aussi, je crois, car elle ne la quitte pas du regard. Et un sourire, des dents blanches et parfaites, une peau qui ne demande qu'à être caressée. Des cheveux d'un soyeux ! Ah, merde, c'est le gros lot, le Parrain, le jackpot ! J'en oublie mes petites misères tellement elle est belle.

Tu es nerveux et détendu tout à la fois. Tu jettes fréquemment des regards vers Matina, histoire de vérifier si elle aussi est bien sous le charme. Je sens que Marjorie aime les enfants. Comme adulte, je trouve qu'elle me pose beaucoup de questions. Cela me déstabilise. Je ne suis pas habituée à intéresser les gens, et il n'y a pas beaucoup de visiteurs qui viennent à la maison. Elle me trouve mignonne, je crois. Je la trouve franchement sympa. Oh, mais ton œil de serpent a vite perçu que tu n'es plus le centre d'intérêt de Marjorie. C'est moi. Tu en crèves de jalousie, mais tu veux te montrer gentil. En public, tu ne m'as pas habituée à me témoigner de l'affection. Tu fais attention. Mais tu te montres tout à coup démonstratif. Me passant la main dans les cheveux, me taquinant, te montrant fort agréable avec une enfant. Puissant manipulateur, habile simulateur. Cela me surprend car c'est une nouvelle facette de ta personnalité que je découvre. Jouer la séduction en public, cacher tes véritables motivations. J'ai quand même rapidement compris que toute cette mascarade d'affection envers moi, c'est pour la séduire.

Moi, tu n'as pas à me séduire.

Moi, tu me possèdes déjà.

Le repas est maintenant fini et on en est au café. Café fort et parfumé servi par la bonne qui, elle aussi, n'a d'yeux que pour la nouvelle venue.

Il se fait tard pour une petite fille, et on m'envoie me coucher. Après les bisous à ma nouvelle amie, la bonne vient me chercher pour m'amener au lit. De ma chambre, j'entends la voix des adultes. Pas distinctement, mais cela fait un ronron qui m'amène, ô surprise, au sommeil.

Ce soir-là, tu entres de nouveau dans ma chambre pendant que ta mère et ta future femme discutent au salon en faisant plus ample connaissance. Tu pousses l'odieux jusqu'à me caresser sans vergogne pendant que tu savoures ta victoire. Tu as réussi à l'ensorceler, ta Marjorie. Tu viens d'abord célébrer ta victoire avec moi, dans ma chambre. Chut, le doigt sur les lèvres, tes mains sur mon corps. Me réveiller de cette manière.

J'ai définitivement perdu la tranquillité du sommeil ce soir-là. Une question sans arrêt, lancinante. Quand est-ce que Parrain Stepan va venir me réveiller encore pour jouer avec le gros doigt de son pipi, pour me dire que le petit Jésus est fâché avec moi, pour me dire que je ne suis pas une bonne petite fille ?

Angoisse.

Tu ne peux aller jusqu'au bout. Tu ne peux pas de toute façon, c'est juste un bonjour en passant. Histoire de trouver de la force et de me réaffirmer ton pouvoir. Histoire de me goûter.

Tu ne peux pas me laisser tranquille, putain de bordel de merde ! Tu as juste eu le temps de m'émoustiller bien comme il faut et puis tu te tires au salon. Je n'ai pas réussi à me rendormir. J'attends et j'attends, couchée dans le noir. Le bruit de vos conversations avec le chant du grillon comme trame sonore.

Cela fait plus de quarante ans que je souffre d'insomnie, incapable de me laisser aller, toujours en alerte, toujours en état de veille. Un jour, je l'espère, j'arriverai à m'endormir dans les bras de Morphée, confiante et en sécurité.

Un jour, oui, un jour.

Marjorie va rester dans ma vie, je ne le sais pas encore.

Marjorie est tombée sous le charme d'un désaxé, elle ne le sait pas encore.

Le lendemain, Matina reste à la maison. C'est jour de congé pour la bonne et la cuisinière. Toi, tu es absent. À tes affaires de Tonton. J'ai Matina pour moi toute seule. Cela arrive rarement. Après avoir fait ma toilette, elle entreprend de me coiffer. Elle aime me brosser les cheveux. Moi aussi, j'aime ça. Je suis bien, je suis en sécurité. Stepan est absent, pas de danger à l'horizon. Grand-mère fredonne une chanson. Elle aime chanter de temps en temps et la soirée de la veille lui a particulièrement plu. C'est vrai qu'elle est bien, la Marjorie en question. Oui, elle semble être l'épouse parfaite pour Stepan.

Je ne sais trop à quoi je pense quand je lui pose tout bêtement une question. C'est une vraie question toute simple car il y a des choses que je ne comprends pas. Ce n'est pas pour rompre ma promesse, je ne vois aucune conséquence directe à cette question.

Pourquoi Parrain Stepan met son gros doigt dans mon pipi ?

Pendant quelques secondes, on peut entendre une mouche voler. Les mains de ma grand-mère restent suspendues dans les airs. Je ne sais pas si elle respire encore. Cela m'inquiète, je me retourne donc vers elle. Son visage est méconnaissable. Elle me regarde avec de grands yeux ahuris, comme hébétée. Grand-mère est une femme très douce, mais elle m'empoigne violemment l'épaule en me demandant de répéter. Je comprends alors que ma question ne doit pas être si innocente et que je suis dans de beaux draps.

Je répète *Pourquoi Parrain Stepan met son gros doigt dans mon pipi.*

C'est trop.

Je ne sais pas à quoi elle pense mais je suis certaine que grand-mère s'est mise à penser très très fort.

Quoi, qu'est-ce que tu dis là, quel gros doigt, quel pipi ?

Elle regarde partout autour d'elle, désemparée. Non, son fils bien-aimé, non, cela ne peut être que pure invention de la part de sa petite-fille.

Où ça, où ça elle me demande.

Je ne peux plus reculer maintenant, il est trop tard.

Je montre mon pubis à Matina.

Là je dis *là* en mettant la main sur mon sexe.

Je me lance dans une explication exhaustive quand une magnifique gifle me coupe l'inspiration. Comme je le disais, grand-mère n'est pas une femme violente. Je ne comprends pas.

Non, ce n'est pas possible, quoi, non.

Mon Dieu, Jésus Marie Joseph, prends pitié de moi.

Non, c'est le Diable, c'est le Diable qui sort par ta bouche.

À genoux, mets-toi à genoux tout de suite.

Je me mets à genoux. Matina est en larmes, je ne la reconnais plus. Elle s'est levée, est sortie de la chambre. Je l'entends répéter *Jésus Marie Joseph, prends pitié de nous.* Et elle pleure. Pauvre Matina, je venais de la faire basculer en enfer. Je lui demande pardon à Matina chérie. Je ne veux pas lui faire de peine. Je ne pouvais pas comprendre. Comprendre que je viens de briser son cœur de mère. Comprendre que je viens d'anéantir tout espoir de bonheur. Comprendre que je viens de ternir la belle image de son fils bien-aimé. Tant de pensées ont dû traverser son esprit. Pauvre grand-maman chérie! Je ne peux lui expliquer que c'est à cause du petit Jésus, que c'est le petit Jésus qui a demandé à Parrain Stepan d'agir ainsi. Je sais maintenant que je l'aurais achevée si je lui avais tout dit. Et je me suis souvenue du pacte, du secret que tu m'as fermement demandé de garder sous menace du crabe qui va me manger dans le trou de terre. Et j'ai peur aussi du petit Jésus, qui va encore me punir parce que je suis une méchante petite fille et que j'ai fait de la peine à Matina chérie. C'était de ma faute tout ce qui arrivait. Et voilà que maintenant le Diable se mêle de mes affaires et se met à parler par ma bouche. Et grand-mère qui est extrêmement superstitieuse. Dans son livre à elle et dans celui de tout le pays, le Diable est une affaire très sérieuse.

Elle revient dans la chambre. Elle est méconnaissable. Ses cheveux sont défaits et son visage ruisselle de larmes. Elle tient dans les mains une petite bouteille. C'est de l'eau bénite. Elle en asperge la chambre et fait sur mon front un signe de croix. Elle ne me parle pas. Elle se tait.

Tu es en punition pour toute la journée. Il faut prier.

Et puis elle ressort de la chambre. Je me couche, recroquevillée sur mon petit lit. Je pleure tout doucement. Je ne veux pas faire de bruit, je veux que l'on m'oublie. Le petit Jésus m'a punie, grand-mère ne veut plus être mon amie.

Dans l'après-midi, tu reviens, tu t'en souviens, Tonton? Tu as dû trouver ta mère dans un état bien pitoyable. J'entends de loin votre conversation. Grand-mère parle d'une voix énervée. Il y a un long silence, et puis tu pars d'un grand éclat de rire. Que lui as-tu raconté pour t'en sortir? Sûrement que j'ai une imagination débordante. Tu ne devais pas t'attendre à pareil accueil. Tout avait si bien été avec la douce Marjorie. Tu avais tellement passé une belle soirée la veille, tu avais le monde à tes pieds et tout l'avenir devant toi. Et voilà que tout veut s'écrouler. Non, tu n'es pas prêt à perdre. C'est moi qui dois payer pour le doute que j'ai semé dans l'esprit de ta mère. Et tu commences à me haïr. Je deviens une menace bien concrète. Mais tu as plus d'un tour dans ton sac.

Pédophile.

Comme tout cela est triste.

Retour dans le passé sombre. Cela ne se fait pas sans heurts. Ces événements m'ont profondément marquée, m'ont traumatisée, tu comprends? Oui, non, peut-être? Et c'est ce traumatisme que je tente de guérir. Je veux en finir avec le pire. Je veux vivre, accueillir le bonheur.

Enfin.

Les jours suivant la sentence de ma grand-mère, les événements se précipitent. Je suis maintenant une damnée des enfers. Mon protecteur, le Diable. Vivant dans cette culture hautement religieuse et superstitieuse, c'est la catastrophe. Mes nuits sont peuplées de cauchemars de diables et de démons. Mes journées sont faites de garderobe et d'angoisses.

Je ne sais pas comment tu réussis à te tirer de cette impasse, cher Tonton. Mais grandmère s'arrange pour ne plus me laisser seule avec toi. Elle ne m'a plus jamais posé de questions à ce sujet.

Je te croise le jour, tu me lances des regards de haine. Tu ne m'adresses plus la parole. Et cela me fait de la peine. Je n'ai plus personne. Même monstrueux, tu es important pour moi.

Trop petite pour pouvoir comprendre la situation. Tout ce qui se passe à la maison est normal. Sauf ton silence que j'ai de plus en plus de mal à supporter. Alors, je me réfugie dans la garde-robe et j'invente des histoires. Je peux alors, par le pouvoir de mon imagination, parler avec papa et maman. Je leur dis à quel point je veux les voir, que je m'ennuie terriblement. Je leur dis que dans le fond, je ne suis pas une petite fille très méchante. Je suis convaincue que c'est à cause de ma méchanceté qu'ils m'ont abandonnée. Quel papa et quelle maman voudraient d'une enfant que le petit Jésus lui-même punit fréquemment? Je n'ai peut-être pas l'âge de raison, mais je peux quand même comprendre les affaires.

Comme je me trompe.

Maintenant, la bonne ne me quitte plus. Je ne sais trop quel âge elle a, je me souviens qu'il lui manque des dents en avant. Elle est très gentille. Grand-mère l'affecte à ma stricte surveillance. Dans le fond, c'est une bonne chose. Cela m'évite les rencontres trop sexuelles avec toi, le Parrain.

Grand-mère n'est plus de très bonne humeur. Elle me semble énervée et me regarde avec des drôles de yeux. J'ai l'impression qu'elle ne m'aime plus comme avant. J'ai l'impression qu'elle me déteste. Je ne sais plus quoi faire pour reconquérir son amour. Elle ne chantonne plus.

Il semble se passer des choses étranges à la maison. Grand-mère appelle souvent au téléphone. Elle parle très fort dans le récepteur. J'ai compris plus tard qu'elle parlait à l'étranger. J'entends des mots comme *billet, avion, passeport.* Je ne connais pas la signification de ces mots. Elle dit souvent mon nom, Poupette. Je ne sais pas à qui elle parle. Jusqu'au jour où elle me passe le combiné et me dit d'une voix éraillée *Viens, parle à ta maman.* Ma maman? Est-ce que je vais être exaucée? Je suis très étonnée. Un peu déstabilisée. C'est qui ma maman? Je ne comprends pas trop le principe du téléphone. Je regarde grand-mère d'un air hébété. *Viens, prends le téléphone.* Je le prends. J'entends une voix qui vient de loin. *Allo, allo?* Je ne réponds pas. Qui est cette voix étrangère? *Allo, allo, c'est Mamie, c'est ta maman.* Je garde le silence. Je sens que grand-mère observe la scène attentivement. Je la regarde, elle me fait signe que c'est O.K. et que je peux parler. Mais pour dire quoi? Quoi dire à une voix inconnue qui sort d'une espèce d'appareil avec un fil ? *Poupette chérie* reprenait la voix *comment vas-tu ?* Quoi Poupette chérie, qui es-tu ? Devant mon silence obstiné, grand-mère reprend le combiné. *Oui, c'est ça* que je l'entends dire. À mardi. Mardi ? Qu'est-ce qu'il y a mardi ? Et puis d'abord c'est quoi mardi ? Je le comprends bien assez vite.

Les jours suivants, une certaine fébrilité règne à la maison. Des valises apparaissent sur le lit de grand-mère. Des gens viennent souvent lui rendre visite, apportant des paquets que grand-mère s'empresse de ranger dans les valises. Tonton, tu es, plus souvent qu'autrement, absent. Je ne sais ni où tu es ni ce que tu fais. Je m'ennuie. Je veux aussi revoir Marjorie, qui est mon amie. Mais je n'ai que la bonne pour me tenir compagnie quand elle ne fait pas le ménage ou autre chose.

Le lendemain, grand-mère dit à la bonne de m'habiller, nous allons en ville. C'est la joie pour moi, je ne sors pas tellement souvent. Je ne connais presque rien de l'extérieur. La bonne me coiffe, m'habille. Je suis prête pour cette nouvelle aventure. Il fait très chaud à l'extérieur, soleil de plomb. Grand-mère me prend fermement la main et nous marchons vers la grande rue. Je découvre, pour ainsi dire, l'extérieur. Je regarde partout, les yeux grands ouverts.

Des maisons, des fleurs, des chiens, des autos. Je vois les gens rire ou assis sur leur galerie. Je vois des enfants jouer ensemble et rire aussi. J'aurais voulu avoir des yeux partout partout pour ne rien manquer, pour tout absorber.

Cette sortie, un cadeau inespéré et inattendu.

Je n'arrive pas à saisir le fonctionnement de ce monde extérieur mais je le découvre avec plaisir. Les gens saluent grand-mère à notre passage. De temps en temps, elle s'arrête pour parler aux uns et aux autres. Les gens me regardent, me demandent si je vais bien. Au début, j'ai peur de ces inconnus. Je me cache derrière les jupes de grand-mère et je mets le pouce dans la bouche, histoire de ne pas parler. Je me demande si les gens savent que je suis une petite fille bien méchante que le petit Jésus punit souvent.

Nous arrivons au bout de la rue quand j'aperçois une espèce de bête grande et belle. Tellement belle ! Je n'ai jamais rien vu de plus beau, de plus gracieux, de plus impressionnant. À côté de cette grande bête toute blanche, il y a un marchand de fleurs de toutes les couleurs. Il est assis avec un grand chapeau, mais je n'ai d'yeux que pour la magnifique chose. Je tire sur la jupe de grand-mère en montrant la chose du doigt. *Matina, Matina* je dis, émerveillée. *Mais oui* elle me répond. *C'est un cheval blanc.* Ah! Il est tellement beau, ce Seval Blanc, tellement impressionnant! Il contraste avec les voitures qui montent et descendent dans la grande rue. Comme je suis toute petite, il m'apparaît immense. Nous passons à côté de lui. Il est tranquille. Il a un regard tellement doux, je l'aime tout de suite. En arrivant à sa hauteur, je me mets à lui parler dans mon cœur. Bonjour Monsieur le Seval Blanc, je m'appelle Poupette. Comme tu es beau! Je ne sais pas si j'imagine le tout, mais le cheval tourne la tête et me salue tout doucement, comme s'il m'avait entendue. C'est mon premier moment de vrai bonheur, plus rien n'a d'importance que cette communication avec Monsieur le Seval Blanc. J'oublie tout, la petite fille méchante que je suis, le petit Jésus, Parrain Stepan, et tout et tout. C'est le bonheur. Un sentiment que je ne connais pas. Mon beau cheval blanc, mon beau Seval d'amour. Je suis impressionnée et complètement envahie par l'amour.

Grand-mère me tire un peu pour que j'avance. J'aurais voulu m'arrêter plus longtemps pour observer cette beauté. Je me souviens aussi de l'odeur du cheval, forte. Et son corps, ses grandes jambes, et puis la grande queue toute blanche qui balayait d'un côté et de l'autre. Oh! Comme ce souvenir me fait du bien! Mon premier ami de cœur. Et puis il était si beau entouré de toutes ces fleurs. Comme j'ai trouvé que la vie était belle! J'aurais voulu que tout s'arrête et que je puisse l'admirer pour l'éternité. Coup de foudre. Je ne trouve pas les mots pour décrire ce bonheur, cette joie qu'est cette rencontre avec Monsieur le Seval Blanc.

Trop rapidement, grand-mère hèle un taxi et nous nous y engouffrons. Mes yeux sont allumés. Je ne pense qu'à Monsieur le Seval Blanc. Je continue à lui parler dans mon cœur, je lui dis que je l'aime et que je vais bientôt revenir le voir. Je lui dis de ne pas m'oublier. Je lui dis que je m'appelle Poupette et que je n'habite pas très loin de lui. Je me dis que je vais demander à grand-mère de retourner le voir le plus vite possible. Je ne vois rien des rues qui défilent, ni les gens qui montent et qui descendent de notre taxi. Je suis au paradis. J'ai enfin un ami, je ne suis plus toute seule dans mon univers. J'ai tellement le sentiment fort et intense que Monsieur le Seval Blanc me reconnaît. J'ai l'impression que c'est un grand sage, un être d'exception. J'ai aussi l'impression que Monsieur le Seval Blanc est comme un ange qui veille sur moi. Je sens alors dans mon cœur ce que l'on nomme espoir. Je me réfugie dans l'attente de notre prochaine rencontre. Monsieur le Seval Blanc venait de prendre une place importante dans mon imaginaire de petite fille. Mon ami Monsieur le Seval Blanc. Amour instantané, inconditionnel. Merveilleux souvenir pour une petite fille. Le plus beau souvenir de toute ma vie de petite fille.

Nous descendons de voiture, grand-mère et moi, et je la suis faire ses courses. Je suis absente, je suis dans l'amour. Je crois que grand-mère m'achète deux robes ainsi que des rubans pour les cheveux et des souliers neufs. Il fait très chaud en ville. Il y a beaucoup de voitures, beaucoup de klaxons. Grand-mère tient ma main fermement et je dois marcher à son rythme. Je ne comprends pas qu'elle ne soit pas, elle aussi, dans l'amour et dans l'extase de Monsieur le Seval Blanc. Non, je ne comprends pas. Je ne peux pas comprendre que Matina est préoccupée par des choses beaucoup plus sérieuses et importantes qu'un cheval.

Je commence à me sentir fatiguée, la chaleur est accablante. Je veux retourner à la maison et aller faire dodo. Effectivement l'heure de ma sieste est dépassée depuis longtemps, et comme je ne suis pas habituée à l'agitation de la ville, je me sens un peu étourdie. Matina doit le sentir car elle hèle de nouveau un taxi, et nous remontons vers la maison. Je souhaite, dans mon cœur, revoir Monsieur le Seval Blanc, mais le taxi prend un autre chemin, et je ne le revois pas.

Lorsque nous arrivons à la maison, tu es là, Tonton. Je suis tellement impressionnée que je te raconte tout de suite l'histoire de Monsieur le Seval Blanc. Tu t'en souviens, Tonton, je n'arrête pas de parler. Je retrouve mon émerveillement d'enfant, d'avant. Matina semble contente de me voir de si bonne humeur et surtout si verbomotrice, moi qui me tais la plupart du temps depuis plus d'un an. Je sens que tu hésites à prendre part à mon euphorie. Tu jettes des regards furtifs vers grand-mère pour vérifier je ne sais trop quoi. Est-ce que j'ai parlé, est-ce que j'ai divulgué notre secret, est-ce que tu es soupçonné, grand-mère a-t-elle oublié ? Tu dois t'en poser des questions.

Matina retrouve sa bonne humeur. Elle appelle la bonne qui me fait prendre un bain et me couche pour la sieste. Je m'endors cet après-midi-là, confiante et heureuse. Monsieur le Seval Blanc m'a fait oublier tous mes petits malheurs. Je me dépêche de m'endormir car je lui ai donné rendez-vous dans mon sommeil. Je n'ai envie que d'une seule chose, le revoir.

Je ne le revois pas.

Je ne le revois plus jamais.

Le lendemain, Matina s'affaire toute la journée. La bonne l'aide à remplir les valises, et Matina m'explique que nous allons partir.

Partir? Qu'est-ce que cela veut dire partir? Oui, je vais retrouver ma maman et mon papa, qui sont à l'étranger. C'est quoi l'étranger? Un autre pays, loin loin. Il faut prendre l'avion. C'est quoi avion? Mon esprit est déjà ailleurs. Cela ne me fait ni chaud ni froid. Ma maman, mon papa, des inconnus pour moi.

Est-ce que Monsieur le Seval Blanc peut venir aussi? Mais non, il est trop gros, il n'est pas à nous.

Je fais une crise, ma première.

Je tape du pied, je pleure, je hurle, je veux voir mon ami le Seval Blanc. Je ne veux pas avion, je veux le Seval Blanc. Et je pleure à fendre l'âme. Je viens juste de me faire mon premier ami et je dois partir, le quitter, m'en aller je ne sais trop où. Je suis inconsolable. Matina trouve que j'exagère et que je fais un scandale pour rien. Toi, le Tonton, tu rigoles dans un coin. Cette première crise inexpliquée fait bien ton affaire, car pour toi, je me révèle être d'un caractère difficile et fantasque. C'est quoi, cette histoire de cheval blanc, comme j'ai de l'imagination, comme je suis extravagante. Crise disproportionnée, incompréhensible.

Pourquoi ne pas être contente de voir papa et maman ? *Bon, ça suffit* dit sévèrement grand-mère. Elle m'envoie me coucher tôt car le lendemain est jour de départ.

Aéroport.

Non, tu ne viens pas me visiter cette nuit-là, Tonton. C'est trop risqué. Il vaut mieux se tenir tranquille. Laisser le doute se dissiper dans les yeux de Matina. Tu ne sais pas pour combien de temps, mais tu es triste de me perdre, moi ta petite poupée bien gonflable, ton jouet bien vivant.

Tôt levée le jour du départ. L'effervescence, les dernières vérifications, les instructions pour bien tenir la maison. La bonne est triste de nous voir partir. Matina l'aime beaucoup, elle a pleine confiance.

Tout le monde vient nous dire au revoir. C'est un ami de Matina qui nous conduit à l'aéroport. Parrain Stepan vient aussi. En quittant la maison, j'espère revoir une dernière fois Monsieur le Seval Blanc, mais non. Dans mon cœur, je lui dis au revoir.

Je suis triste de partir.

Le chemin me paraît long jusqu'à l'aéroport. Tu es assis devant avec l'ami de Matina. Je suis assise derrière sur les genoux de grand-mère. J'aime m'asseoir sur ses genoux, cela me réconforte. Je regarde défiler les arbres et les maisons. Et puis tout d'un coup m'arrive un autre bonheur, l'étendue toute bleue devant mes yeux. Je suis hypnotisée, fascinée. Je sors de mon mutisme. J'enlève mon pouce du dedans de ma bouche pour montrer du doigt le bleu et demander à grand-mère c'est quoi. *La mer* qu'elle répond en souriant du regard. À son ton doux et nostalgique, je comprends que grand-mère aime la mer.

Je ne le sais pas, mais grand-mère quitte la mer pour la première fois. En fait, elle quitte son pays pour l'étranger. Ce lointain inconnu. Comme elle doit être triste, Matina chérie. S'en aller, quitter sa maison, son fils. Ah oui, son fils et cette histoire. Non, non, il faut chasser tout cela de la mémoire. Non, pas possible, cette histoire. Non, non.

Grand-mère soupire en parcourant toute cette beauté du regard. Moi, je la vois pour la première fois, cette mer. Bleue, immense, majestueuse, insoupçonnée. Je n'en crois pas mes yeux. Toute bleue. Comme toutes mes robes. Cette immensité, comme une apparition sur la route descendante. Un choc! Un sublime choc!

Alors, je ne suis plus toute seule. J'ai trouvé une autre amie. La mer bleue du pays.

Et puis la route tourne, et je la perds de vue. Je ne comprends pas. Je me tourne d'un côté et de l'autre, je ne la retrouve pas.

Elle a disparu. Je regarde grand-mère, elle ne me semble pas affolée par la disparition de la mer. Elle semble loin, perdue dans ses pensées. Je n'ose pas la déranger.

Je remets mon pouce dans ma bouche, déboussolée.

Je n'avais rien décidé, rien planifié. Hier, Monsieur le Seval Blanc, aujourd'hui, la mer et le départ. Comment comprendre? Comment comprendre que ma vie va changer de cours?

Et comment.

L'arrivée à l'aéroport est assez traumatisante. Beaucoup d'agitation. Les gens crient, il fait une chaleur suffocante. Grand-mère sort de sa mélancolie, s'énerve maintenant. Il me semble que tout se passe très vite. Les bagages, les passeports et puis un bisou à Parrain Stepan. Comme tu es triste. Tu n'as pas beaucoup parlé durant le trajet. Je te vois de dos. Je me demande à quoi tu pensais. À la vie, à la mort, au sexe?

Je t'aime bien Tonton, quand tu ne m'agresses pas.

Je t'aime bien.

Tu es mon compagnon.

Je me dois de suivre tes règles à toi.

Le gros doigt dans mon pipi.

Tout simplement.

Je t'aime même si cela me fait mal de te le dire maintenant.

Tu devais sûrement être très malheureux pour faire ce que tu faisais.

Profondément.

Je me souviens de voir au loin l'avion. Il brille majestueusement. Il est tellement gros, énorme.

Je me souviens, grand-mère me tire par la main. Je me retourne vers toi, Tonton. Mais tu es loin, il y a beaucoup de monde. Matina me dit de t'envoyer la main. Je le fais, mais je ne te distingue plus parmi la foule. J'ai le cœur gros, j'ai le cœur serré. Et je regarde l'avion. Et puis les escaliers pour monter, la passerelle. Et puis Matina me fait asseoir. Les gens vont et viennent dans l'allée. Et puis Matina attache ma ceinture. Et les moteurs se mettent en marche. J'entends le vroum vroum. Et puis on accélère. Ça va vite vite maintenant. Je ne comprends pas ce qui se passe. Et plus vite encore il va, l'avion. Je regarde grand-mère. Elle a les yeux fermés. Et puis je regarde par la fenêtre, on décolle. Et puis ça monte. Et puis mes oreilles se bouchent. Et puis on monte et on monte encore. Bleu il est le ciel, tout bleu. On traverse le coton qui flotte. Et puis Matina me dit de regarder en bas. Je vois la mer, je la retrouve. Ah! Ce que c'est beau.

Matina dit alors *Fais une prière, on est tout près du petit Jésus. Il va t'entendre.*

Je ferme les yeux et je dis au petit Jésus que je ne serai jamais plus une méchante petite fille et que je l'aime.

En traversant les océans, grand-mère pense peut-être mettre fin à la situation.

Elle se trompe, n'est-ce pas Stepan?

Tu viens nous rejoindre à l'étranger.

Tes sévices vont continuer.

Je suis assise devant toi, Seigneur, toute petite et en pleurs.

Seigneur, je te demande ton assistance. J'ai besoin de te parler à cœur ouvert. J'ai besoin de me confier. Ce que j'ai à dire te concerne directement.

Seigneur, depuis que je suis une petite fille, on m'apprend à te considérer comme le petit Jésus. Grand-mère t'aime beaucoup beaucoup. Elle t'appelle souvent. Elle dit *Jésus Marie Joseph, priez pour nous.*

Moi, avant, j'étais une toute petite poupée Poupette de deux ans et demi. J'étais encore la princesse de la maison et je posais tellement de questions. J'étais une petite princesse très fatigante pour le personnel. Très très. Je ne m'arrêtais jamais. J'avais toujours envie de jouer. Mais les grandes personnes étaient trop occupées. J'avais envie d'aller dehors au soleil, de courir, de danser, de jouer avec les fourmis, avec les fleurs, avec les papillons, avec les petits lézards verts, avec l'eau du robinet, avec le miel qui colle sur les doigts, avec les casseroles, avec les papiers et les crayons, avec les couleurs, avec le lait tout blanc, avec mes souliers et mes lacets, avec les rubans, avec les oreillers, avec les draps et avec tout plein de choses encore. Tout tout tout dans la maison était susceptible d'être un jeu, un éclat de rire, une concentration pendant des heures et des heures. Mon petit royaume. Les fourmis en activité intense, le carrelage de la cuisine, les petites fissures sur le mur de ma chambre, l'ampoule au plafond, mes jouets d'enfant. J'aimais particulièrement fouiller dans les tiroirs qui arrivaient à ma hauteur et foutre tous les vêtements en l'air. Ça, c'était mon activité préférée, qui mettait le personnel dans tous ses états. *Regarde ce que Mademoiselle Poupette a fait* disait la bonne devant l'étendue des dégâts, la mine défaite. Et c'était la punition assurée. Mais je m'en foutais, je m'étais bien amusée. J'allais au lit me reposer de ma très bonne journée.

J'étais encore toute petite et pas très sage. Pas du tout.

Grand-mère arrivait le soir, s'enquérait de la journée, était mise au courant de la situation par force détails de la part du personnel et m'appelait au salon. Je descendais en courant du lit. C'était aussi un moment que j'aimais bien car mes pas m'emmenaient directement dans les bras de Matina. Je lui sautais littéralement au cou tellement j'étais heureuse de la voir. C'était ma reine à moi. La grande reine de la maison. Ah, mon cœur sautait de joie quand je sentais la chaleur de son corps, les odeurs dans son cou, ses cheveux dans mon visage. Le paradis pour une petite poupée de mon espèce, le paradis.

Et puis je n'étais plus en punition, grand-mère riait et me serrait fort dans ses bras, tentant vaguement de me gronder, un peu conquise tout de même, sacrée petite poupée. Le bonheur le plus total.

Comme j'aimais ma grande Matina de tout mon cœur, au très grand complet. Avec elle j'étais dans les étoiles, en sécurité dans ce grand univers. Je ne me posais pas de questions, j'étais où il fallait, il n'y avait pas de problème.

Et puis elle me parlait souvent de toi, le petit Jésus. Je l'écoutais, couchée dans son lit à elle, des fois je dormais avec elle. Là aussi c'était le bonheur, la chaleur, la sécurité, le réconfort, le doux, le maternel. Comme je me sentais forte au creux de ses bras. Et puis à voix basse, comme un murmure, elle me racontait des histoires, on se parlait, elle me demandait ce que j'avais fait dans la journée, elle me passait les mains dans les cheveux, elle me donnait des caresses sur les bras, elle jouait avec mon nez. Moi, je lui disais tout tout tout. Je lui racontais pour les fourmis qui faisaient beaucoup de voyagement dans leur cachette, je lui racontais l'eau qui coulait qui coulait et qui ne voulait pas arrêter et que je ne savais pas d'où elle venait cette eau. Je lui racontais pour le soleil avec qui je voulais jouer et puis les nuages qui arrivaient et qui partaient. Et pour les oiseaux qui n'arrêtaient pas de faire couic couic et que je ne comprenais pas et qui se sauvaient dans la cour. Je racontais le tout en murmurant encore plus bas, comme un secret entre elle et moi. Et puis j'en rajoutais, j'aimais ça. Je parlais d'un souffle, j'allais au bout de toute l'histoire. Un vrai moulin à paroles. J'en avais des choses à dire, j'en avais de l'énergie… Et puis je finissais par avoir sommeil, fermer les yeux, me perdre dans le fil de mes histoires. Je répétais *Et puis et puis et puis* et je n'avais plus rien à dire, mes paupières devenaient lourdes, la chaleur de son corps me berçait… je succombais… je m'endormais.

Parfois, c'est elle qui se confiait. Elle me disait qu'elle aimait bien avoir une petite-fille comme moi. Elle me disait aussi que si jamais un jour j'avais des problèmes je pouvais toujours toujours parler au petit Jésus qui écoutait toujours les enfants. *Toujours toujours* que je lui demandais. Et elle souriait doucement en affirmant *toujours.*

Comme j'étais contente! J'avais grand-mère et j'avais le petit Jésus qui écoutait les petits enfants toujours toujours!

Et puis, un jour, j'ai voulu te parler, petit Jésus, mais tu ne m'as pas entendue. Et puis c'est Parrain Stepan qui est venu me parler pour me dire que le petit Jésus trouvait que j'étais une méchante petite fille et qu'il n'était pas content.

Tu n'étais pas content, petit Jésus? Mais pourquoi, pourquoi, je ne comprenais pas. Il n'est plus content, le petit Jésus, il ne veut plus que j'embête Matina. *Il est fâché avec toi, le petit Jésus, très très fâché* me répétait Parrain Stepan. Et j'ai des punitions qui me viennent directement de toi, petit Jésus, et que Parrain Stepan doit appliquer: son gros doigt dans mon pipi. Voilà la punition du petit Jésus.

Alors excuse-moi, Seigneur, d'être en pleurs. Excuse-moi de ne pas avoir compris, excuse-moi de ne pas comprendre encore. Excuse-moi de ne pas saisir tout à fait ta fonction sur Terre ou même qui tu es. Excuse-moi d'être un peu confuse, perdue et totalement dépassée par ce qui te concerne. Excuse-moi d'être prise entre qui dit vrai et qui dit faux. Est-ce que c'est grand-mère qui a raison, est-ce que c'est Parrain Stepan? Est-ce que tu écoutes les petits enfants ou tu les punis? Peut-être que tu fais les deux? Peut-être que tu fais juste les punir. Et que tu les punis très très longtemps.

Jusqu'à ce qu'on oublie la petite fille qu'on est.

Pire, je m'aperçois qu'il y a tout plein de petits garçons et de petites filles que tu n'écoutes pas, Seigneur, depuis très très longtemps. Il y a des petits garçons et des petites filles, tout plein tout plein, qui essaient de te parler, mais on dirait que tu fais la sourde oreille, Seigneur.

Pourquoi?

Et là, comble du comble, je crois entendre ta voix. Ta Voix, Seigneur. Et, comble du comble, j'entends que tu me demandes de lui pardonner à ce manipulateur de la pire espèce, ce Parrain, ton soi-disant représentant, mon soi-disant guide spirituel sur Terre, celui-là même que grand-mère a choisi.

Stepan, ta mère était une femme extraordinaire. Tu es son fils. Son fils à elle. C'est elle qui t'a porté, elle qui t'a nourri, c'est elle qui a hébergé ta vie en son sein, pendant neuf mois. C'est en elle que tu t'es nourri, que tu as grandi. Dans son ventre à elle. Par amour pour elle et par amour pour moi, je ne peux pas continuer à nourrir ma haine envers toi.

Non.

J'abandonne, je laisse tomber, ça ne vaut tout simplement pas la peine.

Pardonner.

C'est ça qu'il me demande, le petit Jésus. Il me demande d'emprunter le chemin le moins fréquenté : le chemin du pardon.

Le chemin des plus grands mystères, cette affaire, le pardon.

Putain de bordel de merde ! Putain de bordel de merde ! Petite surprise que cette révélation.

Ce matin, j'étais perdue, sans aucune direction. Et voilà qu'assise devant toi, Seigneur, j'entends le chemin du pardon. Cette espèce d'espace ésotérique, incompréhensible, impossible il y a quelques heures à peine, insoupçonné, et voilà qu'apparaît dans ma vie et dans mon cœur l'option du pardon.

Le pardon ?

Le pardon.

Le pardon ?

A contrario le tempo, je ne te raconte pas.

A contrario, je te le dis.

A contrario dans le courant des valeurs d'aujourd'hui.

Le pardon.

Ça me scie la caisse.

Merde.

Le moteur de ma colère s'étouffe en chemin, calé.

Sur ce chemin, assise sur ma valise, un autre moteur au loin, il avance. Le moteur s'arrête, une porte s'ouvre et c'est à moi de décider. Je risque de rester encore longtemps assise toute seule sur ma petite valise. Valise toute pleine de haine et de ressentiment. La porte est ouverte et le petit moteur du pardon attend.

Je choisis le bonheur, Stepan, et je me libère.

De toi.

Je me libère en acceptant de prendre un chemin que je n'avais jamais envisagé, le chemin du pardon.

C'est sur le chemin que je suis, sur le chemin seulement. Je viens tout juste de l'emprunter. Je suis seulement en route. Je ne sais pas si j'y arriverai, mais il me suffit de marcher en direction du pardon.

Stepan, je veux te rendre mes insomnies de petite Poupette.

Tu m'as appris ce concept : l'angoisse dans la nuit.

Chaque nuit à me dire qu'encore je serai visitée. Inopinément. Dans une minute ou dans deux. Retiens ta respiration. Fais la morte et ne bouge plus. Attends. Comme un animal. Attends.

Traquée, cœur serré, respiration coupée, et ce, pendant des heures et des heures. Et tu te mets à entendre les moindres sons de la maison, les moindres craquements, les moindres battements de volets. Et puis le vent, qui était ton ami il n'y a pas si longtemps, devient tout à coup menaçant. La tête enfouie dans les oreillers, les yeux grands ouverts, exorbités.

L'immobilité.

Nuit noire et sans lumière.

Mon imagination de petite fille prisonnière m'a joué plus d'un mauvais tour.

Je comprends, à ce moment-là, que le véritable silence n'existe pas. Pas sur Terre en tout cas.

Je te les remets, Stepan, ces nuits d'angoisse.

Je te remets aussi les craintes de la journée. Que va-t-il se passer? Va-t-il venir? Encore m'emmerder? Prétendument pour jouer? Et les manœuvres et les tentatives et les esquives pour t'éviter. Encore penser que la garde-robe va me sauver et puis être surprise, par en arrière, le dos tourné, cachée au milieu des souliers. Ne plus savoir comment disparaître pour enfin t'échapper.

C'est tout cela qu'il me faut te pardonner, et plus encore.

Et comment je fais?

Comment?

Et puis pourquoi te pardonner, pourquoi, Stepan?

Pour quelles raisons?

Dans quel but?

Elles sont peut-être là, les vraies questions.

Ne dit-on pas, dans le milieu des affaires, qu'il faut fixer ses objectifs précisément et ensuite choisir ses moyens d'action? Ne dit-on pas, dans le milieu des affaires, que c'est la stratégie qui compte?…

C'est peut-être la même chose dans les affaires du pardon. La même démarche. D'abord identifier ce qu'il y a à pardonner. Ensuite établir les objectifs du pardon en question. Et puis établir un plan d'action pour y arriver. Est-ce qu'on peut parler d'échéancier avec le pardon? Peut-on se donner des dates ou des mois précis pour y arriver? Peut-on déterminer d'avance toutes les étapes à franchir pour ressentir le pardon?

Te pardonner pour me libérer.

Le faire égoïstement, juste pour moi.

Rassure-toi, Stepan, tu n'es pas le seul avec tes intentions.

Il y en a d'autres comme toi qui se sont donné la même mission mais qui ont tout simplement choisi de le faire différemment.

Bien des gens comme toi n'aiment pas beaucoup les petites filles ni les petits garçons.

Rassure-toi, Stepan, tu n'es vraiment pas le seul dans ta condition.

Cette perversité ne frappe pas uniquement les hommes. Malheureusement, elle frappe aussi les femmes. Moins souvent, peut-être plus rarement, mais ça arrive.

Je t'explique, cela va peut-être t'enlever de la pression.

Cela va peut-être m'aider dans le cheminement du pardon.

C'est l'histoire d'un petit garçon qui vient de l'autre bout du monde, de l'autre côté de mon monde.

Ce petit garçon, je l'ai croisé sur le chemin de ma vie, à un moment où ce mot, *vie*, ne voulait plus rien dire pour moi.

Aucun sens, aucun attrait, aucun intérêt.

Stepan, ne pas comprendre le sens de la vie et de l'amour a fait longtemps partie de tes effets à long terme sur moi. Je me croyais toute seule à vivre et à porter le souvenir de telles horreurs.

J'étais persuadée que tous les hommes te ressemblaient.

Ce petit garçon que j'ai rencontré devait sûrement avoir l'air d'un ange dans l'entourage de son enfance. Tout comme moi, il avait la capacité de s'émerveiller devant les choses belles de la vie. Les choses simples aussi. Il avait lui aussi son cœur d'enfant, de petit garçon.

Tu sais, je respecte beaucoup cet homme. Il m'a appris une chose extrêmement importante, que tous les hommes ne te ressemblent pas, Stepan. Il m'a apprivoisée. Cela n'a pas été chose facile. La vie avait fait de moi une femme révoltée, ou plutôt la haine de toi avait fait de moi une femme particulière.

Il me fallait quand même trouver moyen d'évoluer dans la société. Je m'étais convaincue que la honte était inscrite sur mon front. Pour l'estime de soi, on repassera.

Tous des salauds, que je me disais dans l'inconscient de mon cœur.

Tous pareils.

Dans ces conditions, comment établir des relations amoureuses ? Comment accepter l'intimité ?

Comment faire confiance ?

À qui que ce soit.

Et je t'épargne les détails sur ma sexualité.

Pour ne pas attirer l'attention, au début, dans ma période adolescente, là où le corps est bouleversé, je me suis mise de la graisse. Tout plein de graisse pour ne pas être séduisante. J'avais des kilos en trop. Assez pour ne pas attirer le regard des garçons. J'étais, à court terme, sauvée des eaux. Il valait mieux pour moi être laide et grosse que mignonne et coquette. J'étais l'amie idéale, l'oreille attentive, la compréhension incarnée.

Je m'accordais bien avec amitié, non pas avec amour.

Et puis, un jour, il a bien fallu que je le fasse, « l'amour ».

Pas de sang, tu t'en étais occupé.

Horreur, crucifiée !

Retour dans le passé.

En grandissant, j'ai changé. De grosse, je suis passée à maigre. Nouvelle étape, la graisse ne me protégeait plus. Valait mieux disparaître. De boulimique, je suis devenue anorexique. Je t'épargne les vomissements et les privations, les laxatifs et la malnutrition. J'ai soumis mon corps à un stress constant, fonctionnant sur les nerfs. J'étais encore jeune, j'en avais les moyens.

Mon corps faisait l'envie de mes amies.

Mais à quel prix.

Tous se persuadaient qu'avec un corps pareil, mon petit carnet noir devait être rempli d'amants.

Mais non.

Petit à petit, au fil des années, je suis devenue inexpérimentée. Pas de sexualité. Le regard voilé par l'ombre de toi, Tonton. Chaque homme que je rencontrais devenait pour moi un de tes représentants, Stepan. Tous les hommes que je rencontrais t'avaient toi comme grand patron.

Et puis, un jour, j'ai croisé la route de ce garçon, cet homme.

Ce qui m'intriguait le plus, c'était son cœur.

Était-il un de tes représentants, en mission secrète auprès de moi? Avec trahison ou abus comme principal objectif? J'étais perplexe, souverainement attirée, complètement désorientée, tout à fait rebelle à l'idée.

Mais il restait là, le petit garçon. Je pouvais deviner son cœur, il était un peu blindé. Tu sais, on apprend aux petits garçons qu'il ne faut pas pleurer, il faut être fort et continuer, pas d'émotions pour les petits garçons. Ce sont les hommes forts de la maison, les gestionnaires des édifications, tu en sais quelque chose, j'ai l'impression. Mais en regardant cet homme, je reconnaissais en lui le petit garçon qu'il avait été et qu'il était toujours malgré son âge mûr.

Je me demandais quelle avait été son histoire de petit garçon, ses amours d'adolescent.

Et puis, un jour, il n'y a pas si longtemps, révélation.

J'en ai eu marre de te traîner, de traîner les blessures du passé.

J'en ai eu marre d'être enchaînée à toutes tes insanités, tes cruautés.

J'ai compris que je ne pourrais jamais aller à la rencontre de l'amour si je ne mettais pas fin à cet entretien.

J'ai compris qu'aujourd'hui, au présent, en ce moment, ici et maintenant, tu n'as plus de pouvoir sur moi.

Pourtant...

Non, Stepan, je n'arrive pas à finir cette foutue histoire.

Je n'y arrive pas parce que je ne me mouille pas, je n'ose pas.

La hurler, cette colère, ce non.
En colère contre toi, Seigneur.
Pardonne-moi.
Tout simplement en rogne.
Prétendument, tu as donné le pouvoir de choisir aux hommes.
Prétendument.
Tu sembles aussi nous avoir donné le pouvoir de discernement.
Est-ce la haine qui m'aveugle tant?
Est-ce que je suis devenue pire que mon bourreau?
Quoi, qu'est-ce?
Qui a une réponse?

C'est ça la question, Seigneur.
Est-ce que tu es vraiment le big boss de la Terre, des anges, de l'amour?
Trop gros mandat?
Pas suffisamment de soldats?
Indiscipline dans les rangs?
Dissension?

Mais qu'est-ce qui se passe donc avec toi, Seigneur?
Qu'est-ce qui se passe avec moi comme avec tous les autres comme moi?
Qu'est-ce qui se passe avec les enfants sur Terre?

La journée est pluvieuse aujourd'hui, comme mon âme.
Une journée qui me ressemble.
Dans la tourmente.

En finir avec cette foutue histoire. Tout simplement en finir. Rompre. Rompre avec toi, Stepan, que je porte comme une ombre.
Une intrusion en permanence.

Sortir, dans la vie.
Goûter au merveilleux.
Rencontrer Dieu.

Je romps cet entretien, Stepan.
Tout comme notre relation, d'ailleurs.
Je choisis la tendresse plutôt que la détresse.
Je choisis la douceur plutôt que tes malheurs.
Je choisis l'espoir.
Je choisis la candeur.
Je choisis la vérité plutôt que tes mensonges.
Tu m'as menti pernicieusement.
Habilement.

Je romps cet entretien, Stepan.

Il a duré trop longtemps.

Cinquante ans.

C'est trop long quand il n'y a plus rien à dire.

Je romps cette relation.

Pour aller vers ceux qui me ressemblent.

Qui portent en eux d'autres valeurs que celles qui t'ont poussé à agir de la sorte.

Je suis cynique, Stepan.

Cynique.

Il y a pire encore.

Alors, qu'est-ce que je fais avec toi?

Tu vois, même pour moi, il y a une limite. Je ne peux pas intervenir dans ta conscience. Cela te regarde, toi, uniquement, strictement. Je ne peux rien. Je n'ai pu, pour un laps de temps déterminé, qu'y déposer ma vérité. Et une partie de la tienne. Le reste t'appartient, Stepan. Il t'appartient à toi de te conscientiser ou pas. C'est à toi de choisir. Nier tout ce qui s'est produit ou faire face à la musique?

C'est comme tu veux.

Tu es libre de choisir.

C'est ce que le petit Jésus te donne.

Ton libre arbitre.

Cette relation a laissé son lot de séquelles en moi. Mais j'ai assumé et j'ai gagné.

J'ai gagné parce que je ne me suis pas sui-
cidée et que je n'ai plus aucune intention
de le faire. C'est terminé.

Je ne te laisserai pas me voler le reste de
ma vie.

T'en as assez profité.

Mais non, je ne vendrai pas mon âme au
diable, Stepan. Parce que je vais parler.
Je vais dire ces choses que tu ne veux pas
entendre, que tu veux effacer.

Cette histoire te rend malade, n'est-ce
pas?

Le cœur, je crois.

Oui, c'est ça, le cœur.

Tu vois, ce n'est vraiment pas à moi de te
sortir de ce merdier.

Mais, tu vois, y'a prétendument un big boss
quelque part.

Dieu, qu'il dit s'appeler.

Eh bien, imagine-toi donc que c'est lui
qu'on appelle dans les cas délicats.

Et je l'ai appelé.

Il m'a dit d'essayer de te pardonner.

Pour le reste, il s'en occupe.

Parce que, tu sais, il est furieux, le Dieu en
question. Oui, pas mal furax.

En plus, tu t'es servi de son nom, de sa mission, pour assouvir tes bas instincts.

Non, il n'est pas content, le petit Jésus devenu grand.

Il n'est pas content du tout.

Pauvre Stepan. Tu as vraiment cru pouvoir t'en sortir, n'est-ce pas? Tu as cru qu'en remontant ton pantalon, tu rachetais tes bonnes actions?

Eh bien non.

Je te dis bonne chance Stepan, je te dis bonne chance et je reprends mon pouvoir, je libère mon âme.

Il y en a beaucoup des Tontons comme toi.

Beaucoup.

Mais, pour tous ces Tontons, pour tous ces hommes, il y a une conscience qui rôde quelque part.

Attention à l'accident.

Te pardonner?

Prison à vie.

Crime contre l'humanité.